魔法のない世界で生きるということ

Living in a world without Magic

〔原案〕秋鷺

〔著〕岩佐まもる

JN006133

KADOKAWA

ネモラ
ベナ
サラ

ハル

森の奥にはカボチャが一つ
魔女の落としたカボチャが一つ
命が惜しけりゃ回れ右
お宝欲しけりゃ右向け左
オーク樹の灰に祈りな
魔女ユシルの怪物に食われないように

L・L・リンクス　著「魔女と共に生きる街ウルガルズ」より

Living in a world without Magic

Contents

interlude 1 ベナの告解

……だから、これは自己弁護で終わってしまう記録だ。


アウラというのが、その老猫の名だった。

八歳の頃の私は人見知りの激しい子で、友達と呼べる相手は家で飼っていた猫のアウラくらいしかいなかった。

けれど、ある日、そのアウラが私の前から姿を消した。

「私のこと、嫌いだったのかな……」

べそをかく私の背中を優しく撫《な》で、母は言ったものだ。

「そんなことない。あの子はもうおばあちゃんだった。猫は死期が近くなると、大好きな人を悲しませないように飼い主のそばを離れるのよ」

いまになってみると、母は正しいことを口にしつつも、落ちこむ私のために、ほんの少し嘘《うそ》を交えていたのではないかという気がする。死期を悟った猫が人間のそばを離れるのは、確かに珍しいことではない。ただし、それが「大好きな人を悲しませないため」かどうかは分からない。人の心の深淵をのぞけないのと同様、猫の心を完璧に理解することも神ならぬ人の手には余る。魔術師と呼ばれ、魔法を使うことができる私たちにも、だ。現在の私にできないことを、過去の母ができたとは思えない。

ともあれ、アウラは去り、私には友達がいなくなってしまった。

ハルハリーリの初等学校は、いまもそうだが、当時もたくさんの魔術師の卵たちでにぎわっていた。

夕暮れ時、学校の上に広がるあかね色の空には、授業から解放された子どもたちがホウキにまたがって集まり、空の追いかけっこに興じる。

私はというと、それをさびしく地上から見上げることしかできなかった。アウラを失ってからは特にそうだった。本当に独りぼっちになってしまった……同年代の子たちの歓声を聞きながら、何度、誰にも聞かれないつぶやきを漏《も》らしたことか。

だが、そんな時だ。

「ねえ。良かったら、一緒に帰ろう」

彼女の名は、ネモラという。

あるいは彼女にとって、それは何気ない一言だったのかもしれない。

けれど、私にとって間違いなくそれは――。

……だから、これは自己弁護で終わってしまう記録だ。

きっと、私のかけがえのない友人たちは、私のことを止めるだろう。

明るく活発なネモラ、才気に満ちあふれたサラ。

二人なら言うに違いない。

そんな無意味なことはやめろ、と。

そんな記録を書き残したところで、誰も私のことを受け入れてくれないし、誰も同情などしてくれない、と。

だが、それでいい。

何より、他ならぬ私自身が、私のことをまだ許せていないのだから。

一章　魔女の涙

1

きらめくような陽《ひ》の光が夜気を完全に払うと、街の鐘楼《しょうろう》が三度、鐘を鳴らした。

治安が良いとはお世辞にも言えないウルガルズの街だが、朝のこの時間は平穏そのものである。

街の中央にある広場には毎日、小さな市が立つ。屋台に並べられているのは、周辺の農場で作られた野菜やチーズ。そして、近海で獲《と》れた海産物。売る者と買う者、ささやかだが、活気に満ちた声は途切れることがない。

市街地の北には、天を貫くような巨樹が根を張っている。

国中のどんな塔よりも高く、どんな城塞よりも巨《おお》きいその大木の前では、街や人の方がちっぽけなミニチュアのようだ。ユシルの大樹と呼ばれるその木には、太古、強大な力を持った魔女が死んで、体が木になったという言い伝えが残る。ウルガルズが「魔女と共に生きる街」などと呼ばれるゆえんの一つであろう。

そんな街からはやや離れた小高い丘の上に、一軒の家が建てられていた。二階建てで、周囲には樫《かし》の木の林が広がる、レンガ造りのこぢんまりとした家。生い茂る樫の木のせいで、街の方角からは家の形がよく見えない。そのせいか、街に住む人間のほとんどは、こんなところに家があって、誰かが住んでいることなど知らなかった。けれど、門柱にかけられた古ぼけた表札には確かに住人の名が刻まれている。

シーノ。

サラ。

最初の名前は文字がかなりかすんでいて、二番目の名前はそれより大分新しい。永《なが》い時を生きる一人の年老いた女魔術師と、その魔術師に育てられた少女の名だ。

「サラ、サラったら！　いつまで寝てるんだい」

一階の台所からがなり立てるシーノの声を聞いた時、サラはまだ半分夢の中にいた。

今朝の夢は、ホウキに乗って、はるか東にある塩の都を訪れる夢だった。塩の都はその名の通り、全てのものが塩でできている。家の壁も塩、屋根も塩。タンスや戸棚だって、ベッドだって。確かに、このベッドではいつまでも寝ていられなさそうだ。体中がしょっぱくなって水分を吸われたあげく、干からびてしまいそう——。

「サラ！」

もう一度、名を呼ばれた時、サラはようやくまぶたを開いた。塩ではなく、ごく当たり前のパイン材で作られた自分のベッドの上から、ぼんやりと部屋の壁を仰ぎ見る。寝ぼけまなこに映ったのは壁時計の針。指し示す数字は、短針が八、長針は十。

「あと五分で家出る時間だろっ。早く起きな！」

今度は言われるまでもなく、飛び起きた。

毛布をはねのけ、寝巻きをベッドの上に脱ぎ捨てると、大あわてでタンスから引っ張り出した学校の制服に着替える。途中、タンスの角で足の小指をぶつけてしまった。けれど、悶絶《もんぜつ》する時間すら惜しい。顔を真《ま》っ赤《か》にしながら着替えを続けていると、そこに部屋の外から、トントンと階段を上がる足音が聞こえてきた。シーノだ。

「シーノ！　なんでもっと早く起こしてくれないの！」

手を休めず文句を言うが、もちろんサラ本人も分かっている。シーノは間違いなく、もっと早く声をかけてくれたはず。四歳の時にシーノに拾われ、育てられたこの六年間、サラはシーノが時間を間違えるのを見たことがない。一見がさつなようで、案外しっかりしているのだ、あの育ての親さまは。

ところで、サラはシーノのことを単にシーノとだけ呼ぶ。お母さんともおばあちゃんとも呼ばない。これはシーノに言われたことで、

『この歳《とし》になって、ママなんて呼ばれたら、くすぐったくて蕁麻疹《じんましん》が出ちまうよ。けど、ババアとか呼んだら張っ倒す』

だそうだ。

着替えを終えると、サラは机の上に置いてあったカバンに、これまた大急ぎで教科書やノートを詰めこんだ。最後に、真新しい一本のペンをカバンに収めて終わり。ペンには小さな校章が彫りこまれている。この年、魔法学校に入学した時に記念品としてもらったペンで、最近のサラのお気に入りだった。

荷物をまとめると、サラはタンスの横に立てかけてあったホウキを手に取った。

そのままホウキにまたがり、開いた部屋の窓から飛び立とうとしたのだが、そこで、背後から大きな声で叱られた。

「こら！　無力者《むりょくしゃ》に飛んでる姿を見られたら、どうするんだ！」

部屋の入口にシーノが立っていた。体の横幅は大きいが、決して背は高くない。顔に刻まれた深いシワは、普通の人間なら六十代といったところだろう。しかし、常人より寿命が長い魔術師の年齢は、見かけでは測れない。実のところ、これでもう百歳はゆうに超えている。

「魔力がない人のことを無力者って言っちゃいけないんだよ。いまは非術師《ひじゅつし》か、儚《はかな》き者って言わなきゃ」

ホウキにまたがったままサラが言い返すと、いかにも古い時代の魔術師らしい頭巾をかぶったシーノは、はんと笑ってみせた。

「私の耳にゃ、そっちの方がよっぽどバカにした呼び方に聞こえるね。とにかく森の外でホウキはダメだ。目くらましの魔法がまだへたなお前じゃ、絶対、街の人間に見つかっちまう」

「えー」

「えーじゃない。いいから、ほら」

サラの前までやってきたシーノは、片手に持っていた小さな包みを差し出してきた。中見はどうやらサンドイッチのようだった。シーノお手製の、チキンとアボカドのサンドイッチ。

「朝ご飯くらい食べな」

「歩きながら食べるのは行儀悪いとか前に言ってなかったっけ？」

「歩きながらじゃない。走りながら、だろ。遅刻したあげく、腹ぺこで授業を受けたいってんなら、止めやしないけどさ」

「くーっ」

ああ言えばこう言うシーノの前でサラはうなったが、実際、こうしてくだらない言い争いをしている時間などなかった。

しぶしぶホウキから降りると、サラはひったくるようにしてシーノのサンドイッチを受け取った。窓ではなくドアから部屋を飛び出していく。

「なんで、非術師に魔法を使ってるとこ見られちゃダメなのっ？」

走りながら叫ぶと、

「そういうのを勉強するために学校行ってるんだろ。しっかり励んできな」

またまたシーノがぐうの音も出ない正論を口にしているのが、後ろで聞こえた。


ウルガルズの西には、広大な森林地帯が広がっている。

鬱蒼《うっそう》と生い茂る針葉樹の森はどこまでも深く、侵入者の踏破《とうは》を拒む。が、街の人間がこの森のことを「進まずの森」などと呼ぶのは、それだけが理由ではない。ひとたび森に入ると、大抵の人間はさんざん森の悪路を迷ったあげく、そんなつもりはなかったのに、気がつけば森の外へ出てしまっているからである。この奇っ怪な現象を、古の大魔女ユシルの呪いだと言って恐れる者も数多くいる。

サラはというと、もちろん魔女の呪いなど信じていなかった。

迷信なんか気にしない、という話ではない。

そもそも、この森の中を進むことができないのは、あくまで魔力を持たない人間、つまり非術師だけなのだ。そして、森にその「魔法」をかけたのはユシルではない。もっと多くの魔術師たちが力を合わせて、森をそういう場所にしている。

ハルハリーリ。

非術師の目を遮《さえぎ》り、森の中心部に広がる街のことを、魔術師たちはそう呼ぶ。

彼方《かなた》からその様を遠望すれば、まるで濃い緑の海に、にぎやかな人間の島が浮かんでいるようにも見えるだろう。街の面積はウルガルズほど大きくはない。しかし、そこには多くの人が暮らす居住区もあれば、様々な店が並ぶ商店区もあって、ウルガルズと変わらず、幾重にも建物が折り重なっている。無論、そういった街の様子を見ることができるのも魔術師だけだ。魔力を持たない非術師の目には、そこは周囲の深い森と同じ、針葉を茂らせた木々が乱立しているように見える。

魔術師たちが住む街、ハルハリーリは学術都市でもあった。

サラが通う魔法学校も、この街の中に設立されているのである。

「ハア……ハア……」

背の高い門柱が目をひく校門の前に立った時、サラは息を切らしていた。

魔法学校に通う生徒の多くは、魔術師の街ハルハリーリで暮らしている。が、一方でサラのようにハルハリーリの外に住んでいる者もいた。ただし、サラは毎日の通学で、森を歩いて通り抜けているわけではない。ウルガルズの街とハルハリーリの街は、魔術師だけが使える魔術通路《まじゅつつうろ》で繋《つな》がれていて、それを利用すれば一瞬で街と街の間を移動できる。

「けど……ハア……家から通路の入口までは……歩くか走るかしか……ないんだよね……ハア……。ほんと、便利なんだか不便なんだか」

胸を押さえ、息を整えるサラの視線の先には、石造りの大きな建物がいくつも並んでいた。

正面に見える四角ばった三階建ての建物は、サラのような年少の生徒が基礎科目を学ぶ幼年校舎《ようねんこうしゃ》。そして、奥に見える、古い時代の大聖堂を思わせる大きな建物は、より専門的な魔法を学ぶ上級生のための学究校舎《がっきゅうこうしゃ》である。右手に目を向ければ、アパートメントのような赤レンガの建物もあって、こちらは遠隔地出身の生徒のために用意された学生寮だ。

ようやく呼吸が整ってきたサラは、校舎ではなく学生寮の方に目をやった。

「やっぱり、寮に住むのが一番楽なのかなあ。教室まで三分かからないっていうし。そうしたら、朝もゆっくり寝られて、遅刻だってせずに……」

「いやいや。寮生にも遅刻癖《ぐせ》が直らない生徒なんぞ、いくらでもいるぞ」

不意に声をかけられて、サラはその場で飛び上がりそうになった。

辺りには、サラと同じように学校の外から登校してきた生徒が何人もいた。現時刻は、八時五十三分。ぎりぎりだが、なんとか遅刻にならずにすむ時間だ。ただし、サラに声をかけてきたのは、足早に校門をくぐり抜けていく他の生徒たちではない。校門のそばに立ち、その生徒たちと朝の挨拶をかわしていた初老の魔術師だった。濃い緑色のローブを羽織っていて、胸には教員を表す銀の紋章を着けている。サラから見ると、その姿は巨人のように大きい。といって、これはサラが子どもだから体格差があるというのではない。元々、魔術師らしからぬ筋骨隆々とした巨体の持ち主なのである。

「マドック先生」

それは基礎課程で魔法史を教えている教師だった。

「おはようございます」

あわててサラが挨拶をすると、その教師、マドックは幅の広い肩を揺らして笑い、「はい、おはよう」と返した。

そうして、マドックはサラに向けて悪戯《いたずら》っぽく片目をつぶってみせると、

「人間というのはな、サラ。環境に慣れてしまう生き物なのだよ。三分で教室まで行ける寮に住めば、結局、その時間に合わせて朝起きようと考え、あげく寝坊するだけだ。シーノから聞く限り、寮に入ったところで君の寝坊癖はきっと変わらないと、私は断言しておこう」

うっ、とサラは酢でも呑《の》みこんだような顔になった。このマドックは学校の教師であると同時に、シーノの古い知り合いでもあった。シーノに育てられたサラとしては、教師の中では気安い相手でもあるが、一方でやりにくい時もある。シーノ経由で、サラが何歳までおねしょをしていたかまで知っている教師だからだ。

何とも言い難い表情になったサラの顔を見たマドックは、もう一度笑い、

「幸運にも、寝坊しそうになったら叩《たた》き起こしてくれる相手が身近にいるんだ。大事にしたまえ。それと、間違っても、遅刻しそうだからといって、森の外でホウキを使ったりしないように。まあ、これは私などが注意せずとも、シーノが口を酸っぱくして言っていることだろうが」

「あ、そのことです、先生」

少し会話の向きを変えたかったサラは早口でマドックの言葉を遮り、今朝シーノとの間で交わしたやりとりを話した。自分が今日も寝坊しかけて、マドックの言う通りシーノに叩き起こされたことは、とりあえず伏せておいて。

話を聞いたマドックは、ますます楽しげな顔になった。

「なぜ、非術師に魔法を使っているところを見られてはいけないのか――か。その質問は、私たちハルハリーリの魔術師の歴史とも深く関わっている。ゆえに魔法史を教える教師としては歓迎したいところだが……残念ながら、いまここで答えるわけにはいかんな」

「？　どうしてです？」

「あと四十秒で、君と私の間にある校門は閉まるからだ。そして、歴史好きの人間の常《つね》として、私の話は長い」

「あっ！」

言われて、サラも思い出した。

気づけば、周囲にはもうサラ以外の生徒の姿はほとんどなかった。魔法学校の校門は、登校時間を過ぎると、自動的に閉まる。閉め出された生徒は別にある裏口から校内に入るしかないが、もちろん、ただでは入れてもらえない。遅刻のバッテンを学校の評価表につけられた上に、反省文やら奉仕活動やらのペナルティが待っている。

「急ぎなさい。ただし、あわてず騒がず、廊下は走らずに」

「無理ですよっ」

笑いながら促すマドックの横を、サラは風の勢いで駆け抜けた。

校舎の軒先に、南からやってきたツバメが巣を作っている。

この地方の春の風物詩だ。

真新しい巣にはもうヒナが生まれていた。

親鳥がエサを運んでくると、巣に並んだヒナたちが騒がしくも、元気な鳴き声を辺りに響かせる。初々しいその鳴き声を聞きながら授業を受けるのが、いまの季節、ハルハリーリの魔法学校に通う生徒たちの日常である。

朝の出来事がきっかけになったのか、その日のマドックの魔法史の授業は、サラの投げかけた疑問が中心になった。

「なぜ、魔術師は魔法を使っている姿を非術師に見られてはいけないか？　ま、教師として、正解の半分を言うのであれば、『非術師の中には魔法を毛嫌いしている者もいるから』ということだが」

教壇に立ったマドックが口にしたそのことであれば、サラもよく知っていた。

そして、同時にそれはサラの胸をちくりと刺す事実でもあった。

サラの本当の両親がまさにそうだったからだ。

魔術師の中には両親共に由緒正しい魔術師の家系という、言わばサラブレットとして生まれた者も多くいるが、一方で魔力を持たない非術師の間で、突然変異的に生まれた者もいる。

サラは後者だった。

幼い頃のサラは周囲にある物を手を触れずに動かしてしまう、いわゆるポルターガイスト現象を発生させてしまう子だったらしい。正直なところを言えば、サラ本人は当時のことをあまり覚えていない。ほとんどはシーノから聞いたことである。両親はそんなサラを気味悪がって、四歳の時に娘をウルガルズの街の外に捨てた。シーノが見つけた時、サラは誰もいない林の中の小道で、自分を迎えにこない両親を恋しがって泣きながら、周囲にある小石や枯れ枝をブンブン浮遊させていたそうだ。

記憶があいまいなせいか、自分を捨てた両親に対して、サラはそこまで尖《とが》った感情を持ち合わせてはいなかった。

ただ、魔法を嫌う非術師がいることはそれで知ったし、自分の生い立ちと深く関わっているだけに、魔術師と非術師の関係には少なからず興味を抱いているのである。

「現に、ウルガルズには魔術師への敵意を公言してはばからない非術師も一部いる。しかしながら……これは私たち魔術師が非術師の前で魔法を使わない理由としては、決して十分ではない。嫌われているからといって、嫌われている側がコソコソする必要はないからね。そもそも、一対一で向き合った時、非術師とケンカをして負ける魔術師なんぞ、ほとんどいない。どうして、強い方が、弱い方に嫌われているからって、隠れなくてはいけない？」

　これもまた事実としては正しいことだった。

　魔法学校に入学して一年目のサラでさえ、相手が非術師なら、自分が傷つかずにギャフンと言わせる方法を一ダースは思いつく。大人の魔術師なら言わずもがなだ。

「君たちも知っての通り、ハルハリーリの『ハル』は古代ソノーレ語で『自由』を意味し、『ハリーリ』は『空』を意味する。自由な空――つまり、森の外ではホウキを使って飛ぶことを隠す私たち魔術師も、ここでは自由に空を飛べるということだ。しかし、言い換えると、それは私たちがこのハルハリーリでしか自由でいられないことを意味する。では、なぜ、我々はそうやって非術師の目から隠れて暮らすようになったのか？」

　自分の席に座ってマドックの話を聞くサラの周囲には、すでにコックリコックリ船を漕ぎ始めた生徒もいた。マドックの授業ではよくある光景だった。そもそも、歴史の授業なんてものは、興味のない生徒にとっては、眠《ねむ》り鳥《どり》の歌声より眠気を誘う子守唄である。普段であれば、サラもどちらかと言えば船を漕ぎたくなる派だったが、今日ばかりは違った。しっかり目を開いて、マドックの話に聞き入っている。

「その疑問の答えを解くカギは、私たちハルハリーリの魔術師の歴史そのものにある。……教科書の二十四ページ、頭から読んでくれるかな？　ネモラ」

「ふぇ……え、あっ。はい」

マドックが居眠りをしている生徒の一人を指名して、睡魔の世界から無理やり連れ帰った。これもよくある光景だった。当然というか、あてられた生徒は自分がどのページを読むように言われたのか分からず、まごついている。サラのすぐ前に座っていた女子生徒だった。大きなリボンで髪を結んだその頭に向けて、サラはささやいた。

「二十四ページ、最初から」

「！　えっと……『ユシルの大樹はどうやって生まれたか？』」

それは、ウルガルズのシンボルにもなっているあの大木の由来を記した記述だった。

街の人間が語る、非術師側の歴史ではない。

魔術師から見た街の歴史だ。

「その昔、ウルガルズにはユシルという魔法の才能に恵まれた魔女がいた。彼女にはレッドという恋人がおり、彼もまた魔法が使える魔具《まぐ》職人だった。当時、ウルガルズの街周辺は密猟により、ドラゴンの数が激減。ドラゴンが餌として食べていた魔獣が大量に発生し、魔獣たちの放つ瘴気《しょうき》で病気になる人間が多くいた――」

実のところ、この辺りからして、すでに一部の魔法を毛嫌いする非術師たちが喧伝《けんでん》する歴史とは内容が異なっている。

彼らの間では、ドラゴンを殺戮《さつりく》したのは魔女ユシル本人であり、魔獣を操って、街中に疫病を流行《はや》らせたのもユシルである。

「ユシルは街の患者たちにまじないをかけた。このまじない、普通の魔術師が一度使えば二日は寝こむほどの負担の大きい魔法だったが、ユシルは何食わぬ顔で一日に何度もやってのけた。まじないの効き目は絶大で、病気から回復した街の人々はユシルのことを愛した。ユシルもまた街の人々を愛していたが、街の権力者たちはこれを快く思わず、魔獣はユシルによって操られていると主張する者さえいた。彼らは、ユシルによって自分たちの地位が脅《おびや》かされることを恐れていたのである。その後、魔獣の数がさらに増え、休む間もなく多くの人を治療してきたユシルは、やがて疲労で倒れてしまった。すると、権力者たちはユシルと対立していた別の魔術師たちを引き連れ、ユシルとレッドを捕らえた」

無論、ここも違う。

魔法嫌いな人々の間で語られる歴史では、ユシルを捕らえたのは欲にかられた権力者などではなく、魔女の悪行を許さなかった正義の勇者たちだ。

「刑場に連れていかれたユシルは拷問を受けた後、火をかけられた。レッドはその様を見つめることしかできず、無力感に暮れた……」

数は決して多くなかったが、サラと同じように真面目《まじめ》に授業を聞いていた生徒たちの中から、「ひどい」という小さな声があがった。

教壇に立つ教師のマドックは平静な顔をしている。

指名されたネモラという名の女子生徒は、そんなマドックをちらりと一度見たあとで、朗読を続けた。

「自分を焼く炎の中で、ユシルは最後の力を使い、街を包む瘴気を魔獣もろとも浄化した。その光は街全体を覆った。それ以来、ウルガルズの街では瘴気も疫病もなくなり、わずかに生き残っていた少数のドラゴンたちは、餌の魔獣を求めて他の地方へ去っていった。そして、ユシルの魔力が素晴らしく大きなものだったことは、彼女の死後にも証明された。魔術師が死んだ際、その魔力を食らって、成長する寄生樹《きせいじゅ》――ユシルが死んだ時、魔力を食らった寄生樹は天を衝《つ》く巨木となった」

最後になってようやく魔術師側の歴史と、非術師側の歴史が一致する。

ユシルの大樹。

非術師の中には、おとぎ話と馬鹿にする者もいるが、この部分だけはまぎれもない事実である。魔力を持つ魔術師は全て、自らの体内に寄生樹と呼ばれる不思議な木を宿している。魔力を持っているから寄生樹を宿すのか、寄生樹を宿しているから、魔力を得るのか。その辺りは判然としない。だが、魔術師の死後、その寄生樹が宿主の魔力を食らって、成長することだけは確かである。通常はせいぜい死んだ魔術師の肌が木の皮に変異《へんい》する程度だが、魔力の強い魔術師だと、りっぱな大木になることもある。

「はい、そこまで。ありがとう、ネモラ」

マドックの指示で、ようやく朗読が終わった。

緊張から解放された女子生徒が肩でほっと息をし、そして、前を向いたまま、サラにだけ見えるような角度で右手の親指を立ててみせた。助け船を出してくれたことに「ありがとう」と言っているようだった。

「さて。いまネモラが読んでくれたユシルの大樹の由来。君たちの中には、ユシルを死なせた非術師たちに憤《いきどお》りを感じる者も多くいるだろう」

マドックの穏やかな言葉に、生徒たちの何人かがうなずいた。

常と変わらない柔和な笑みを浮かべたマドックは、そんな生徒たちにうなずきを返し、

「しかし、ここで見過ごしてはいけないことがいくつかある。そのうちの一つが、ユシルの魔法で病から回復した非術師の中には、ユシルに感謝し、ユシルを愛した者もいたこと。そして、もう一つは、ユシルを捕らえたのは街の権力者たちだが、その彼らに協力した別の魔術師たちがいたこと」

これには少しざわめきが起きた。

サラも改めて教科書の記述に目をやった。

確かに、そこにはマドックの言った通りのことが書かれている。

「つまるところ、正しく魔法を使い、それで人々を救ったとしても、そのこと自体が人々の間に分断を招くこともあるということだ。非術師だけではない。私たち魔術師の社会にもだ。ユシルの魔法は素晴らしかった。そして、その力は強大だった。けれど、素晴らし

く強大であるがゆえに、ユシルの魔法を恐れ、妬む者もまた多く生まれた」

教室がしんと静まり返った。

「大きすぎる力とは、そのように一歩間違えれば、個人ではなく社会全体を巻きこんで騒動になることもあるのだよ。それを理不尽と責めるのは簡単だが、責めたところで対立や悲劇を回避できるとは限らない。だから、私たちハルハリーリの魔術師は、やむをえない時を除いて、非術師たちの前で魔法の力を誇示することを避けるようになった。自分では正しいことを行ったつもりでも、見る者の心が違っていれば、その姿は歪《ゆが》んで映る……魔法に限らず、人の心とは結局そういうものだからね」

見る者の心が違っていれば——。

サラはマドックのその言葉を胸の内で繰り返した。

その時、大きな鐘の音が教室に鳴り響いた。

今日の授業はそこで終わりだった。

2

ハルハリーリの魔法学校には、十歳から十六歳までの魔術師の卵が通っている。

生徒たちは最初の二年間、魔術の基礎となる学問を中心に学ぶ。いわゆる基礎課程期間だ。その後、三年生になると、自らが志望する学科を選んで進み、魔術師として一段上の修練を積むことになる。といっても、この進級は必ず希望がかなうわけではない。元々、魔術師、特に魔力というものは、先天的な才能による部分が大きい。できないことが努力や根性でできるようになることはまずなく、だから、多くの生徒たちは自分たちの能力と希望とを天秤《てんびん》にかけながら、進路を選択することになる。

翌年、一つ歳を重ねて、二年生に進級したサラには、仲の良い友達が二人できた。

同じクラスのネモラという少女と、ベナという少女である。

ネモラとは、あのマドックの授業以来、ちょくちょく話をするようになっていたのだが、年が改まってから、さらに親密さが増した。直接のきっかけは放課後の掃除担当場所が一緒になったことだ。生活学習の一環として、基礎課程で学ぶ生徒には毎日、授業が終わった後、学内の清掃が義務づけられている。二年生になったサラとネモラの担当場所は植物園で、そこでよく話をするようになったのである。

ネモラはとにかく明るく、元気な少女だった。

「四歳の時に、手も触れずに家中の椅子とテーブルを浮かび上がらせたあっ!? サラ、それ、普通にすごいって」

「そうなの？」

「そうなの。私なんて、魔法考古学志望なのに、遺跡の中を照らす明かりの魔法さえ、まだうまくできないもん」

「いや、魔法考古学志望って、それっぽい授業はいつも寝てるような」

「あはは。私は体を動かす方が好きだからね。学校の授業なんかより、本物の遺跡探索でこそ輝くタイプなのさー」

「明かりの魔法は使えないのに？」

「君はランタンという便利な道具を知らないのかね、サラくん。ああっ、科学の進歩よ、ありがとう！　魔法が下手でも、魔法考古学が学べそうなのは、あなたのおかげです」

いつもこの調子で、学内に知り合いも多かった。サラにとっても、その底抜けの明るさは心地よい。一見、人当たりが良いようで、実は少し他人を寄せつけないところもあるサラだが、ネモラはそんなサラの壁をいとも易々《やすやす》と越えてくる。しかも、それが決して不快な図々しさにはならない。人徳というやつなのかもしれない。

　ネモラとは対照的に、ベナは物静かな少女だった。

「そういえば、サラ、聞いた？　四年生の先輩にロストで学校をやめた人がいるって」

「ロスト——ああ、自分の能力を超えた魔法を無理に使ったせいで、一生、魔法が使えなくなる症状だよね」

「そうそう。でも、どうして、そんなことしたんだろう？　私だったら、怖くて絶対にできないな。魔法が使えなくなるなんて……」

　そんな会話を交わしたのが、確か二年生に上がってしばらく経《た》った頃だったか。

　ベナもまた、サラやネモラと同じで植物園が掃除担当場所だった。なお、本人に言わせると、サラとそんなふうに話せるようになったこと自体、幼い頃に比べると、かなりの進歩らしい。

「ネモのおかげなんだ。私、前はすっごく人と話すのが苦手だったの。でも、ネモがいつも私の手を引っ張ってくれて」

「二人は魔法学校に入学する前からの友達なんだよね？」

「うん、初等学校に通ってた頃から。サラはその頃、おうちで読み書きとか習ってたんだっけ？」

「そうそう。厳しい鬼教官つきで。いや、いまも厳しいけど」

ベナにとってはネモラが初めてできた友達だったそうだが、サラにとっては、二人こそが初めてできた同年代の友人だった。


魔法学校の植物園には、四季というものが存在しない。

冬休みが近づき、外はもう木枯らしが吹く季節だというのに、ここでは春を告げるチューリップや、夏を彩るサルビアの花が鮮やかに咲き誇っている。いや、それはかりではない。魔法薬の材料によく使われ、夜に光って咲く夜光花《やこうか》も、この植物園では季節に関係なく花開いていた。もちろん、自然の現象ではありえなかった。学校の魔術師たちが魔法で慎重に管理することで、このきらびやかな空間が維持されている。目的は観賞ではなく、主に学究である。

ただ、それだけにここを清掃する基礎課程の生徒は、植物そのものには決して触れないよう、教師たちから厳しく言い渡されていた。未熟な彼らが不用意に触ると、それだけで管理魔法のバランスが崩れ、草花が枯れてしまうこともあるからだ。彼らが掃除するのは、あくまで植物園の通路や窓である。

「進路？」

その単語をネモラの口から聞いたのは、サラが夜光花の花壇の前をホウキで掃《は》いていた時だった。

　夜に光り輝く花、夜光花。ただし、今は昼なので、開いた花びらが輝きを放つことはない。

「そう」

　と、すでに自分の担当の窓を拭き終えたネモラがうなずいてみせた。

「もうすぐ志望届の提出期限でしょ？　私は前から言ってるけど、遺跡の探索とか好きだからさ。三年になったら魔法考古学科に進むつもりなんだけど。ベナやサラはどうするのかな、って」

　ああ、とサラはうなずいた。

　そのサラの横で塵《ちり》取《と》りを持っていたベナは「あれ？　言ってなかったっけ？」と首をかしげてみせた。

「私はまだちょっと迷ってるの。動物が好きだから生物学科もいいけど、道具とか作ったりするのも興味あるから、魔具開発科もいいかなあ、って」

　それはいかにもベナらしい、とサラは思った。

　ネモラも同意見だったらしく、「なるほど」と笑った後で、

「私、ベナが動物たちと楽しそうにしてる姿を見るの好き」

「なにそれ」

と、ベナも口元をほころばせた。少し吊《つ》り目のベナだが、そういう表情をすると、とても優しい顔になる。

「サラは？」

ネモラに再度水を向けられて、サラは「あー、えっと」とあいまいにつぶやきながら、左手の指先を自分の髪にからませた。これはサラの昔からの癖だった。手持ち無沙汰だったり、何となく気持ちに迷いがあったりする時などに、ついやってしまう。

「私はその……魔術学科かも。この間の進路相談で、学長の推薦状を貰《もら》ったし」

「えっ！」

と、ネモラとベナがほとんど同時に素っ頓狂な声をあげた。

魔術学科とは、言ってみれば高位魔法を使える人材を育成するための学科である。

ただ、それだけに簡単に進級できるような学科ではない。高度な魔法を使うには、それに準じた魔力資質というものが必要であり、資質なき者が無理に使えば、それこそ魔力を「ロスト」し、一生、魔法を使えない体になってしまうこともありうるからだ。

そういった危険性を鑑《かんが》みて、魔法学校では魔術学科に進級できるのは、学長の特別な推薦状を得た生徒に限られていた。

「推薦、貰えたのっ？　ほんとに？」

「わあ。やっぱりサラはすごいよね。天才だ」

正直なところ、ベナが口にしたその単語が、サラはあまり好きではなかった。天才――確かに魔法という、自然現象からかけはなれた事象を引き起こす力を使うのに、ある種の才能が必要なことは認める。けれど、天才と呼ばれると、まるで努力もせずに才能だけで何でもこなしていると言われているようにも聞こえてしまう。

ただ、そのことは口にせず、サラは二人に対して言葉を重ねた。

「推薦は貰えたけど、まだはっきりと決めたわけじゃないよ。いまは色々考え中。ベナと一緒」

「えー、もったいないよ、それ」

「他に希望する学科があるの？」

「うーん、そこを含めて考え中っていうか……」

ひとしきりそんな話で盛り上がった後、ネモラがうんと背伸びをしてつぶやいた。

「そっかあ。けど、そうなると、三人とも来年は別の学科に進んで、バラバラになっちゃうのかな」

これにはサラもベナも口を閉ざした。

「さびしいよね……」

しばしの間をおいて、ぽつりと言ったのはベナだった。

少し目を伏せたその横顔を見てから、サラはすぐそばにあった夜光花の花壇に目をやった。種々様々に咲き誇る花の中に、まるで夕焼けをそのまま映したような、美しい赤い花びらを持つ花がある。

ホウキを置いて、サラはその赤い夜光花が大量に咲く花壇の前に立つと、ネモラとベナを手招きした。

「これ、パラジニアっていう花なんだって」

「パラジニア？」

「うん。私、この花、好きなんだ。だって、花言葉がね。『いつまでも仲良く』なんだよ」

言いながら、サラは花壇の夜光花に向かって手を伸ばした。ネモラとベナが「あっ」と驚きの声をあげる。

「怒られるよ！　サラ！　夜光花は特に管理が難しいって、前に管理人のケーシーさんが……」

「しっ、大丈夫だから」

あわてるベナを制してから、サラは自分の目と指先に意識を集中させた。植物園の他の花壇がそうであるように、この花壇にも花が枯れないよう、温度や湿度などを適度に保つ管理魔法がかけられている。そして、その魔法は花壇全体を覆う網のように張り巡らされていた。心得のない者が不用意に手を突っこむと、網の一部が引き千切られてしまい、せっかくの魔法が台無しになってしまうのだが、サラは集中すれば、その網がはっきり「視《み》」

えた。網の目は決して漁師が使うそれのように細かくはなく、人が手を突っこめるだけのスペースは十分ある。要は網に触れないよう、そこに手を入れればよい。慎重に、慎重に、網を傷つけないように。

「よしっ」

会心の笑みを浮かべた時、サラの手には、網の目をくぐり抜けて、そっと摘んだパラジニアの花が三本ほど握られていた。

もちろん、花壇にかけられた管理魔法には何の異変も起きていない。

「よしって……全然よくないんじゃ」

ベナの顔が青ざめていた。

一方、「ん〜、でもさあ」と、のんきな声をあげて、辺りの花壇を見回したのはネモラである。

「私たち、ここの掃除、ずっと真面目にやってるし。しかも、毎日タダ働きで。ほんの少し花を分けてもらうくらい、いいんじゃない？　この辺りは希少種や絶滅危惧種の花壇ってわけでもないんだしさ」

「せめてものご褒美ってやつだよね」

笑ってネモラの言葉に同意しながら、サラは手にしたパラジニアの花を、まずネモラの髪に挿《さ》した。

「はい、できた。約束の印」

「約束の印？」

「うん。三年になって、学科が違っても、ずっと友達でいよう」

これにはネモラが笑顔になった。続けて、サラはベナの髪にも花を飾る。すると、困惑していたベナは「あ……」と唇を開いて、サラの顔をまじまじと見た。

サラはそんなベナに向かって、残ったパラジニアの花を差し出した。

「私にも」

ようやくベナも微笑《ほほえ》んだ。

「う、うん」

少しぎこちない手つきだったが、ベナがサラの髪にもパラジニアの花を挿した。

それぞれ、花で彩られた自分たちの姿を見て、三人は軽く吹き出した。

「反省文、五枚の価値、あるかな？」

サラが言うと、ネモラがすぐに楽しげにうなずいた。

「あるある、ぜったいあるって」

ベナは胸の前で手を組んで祈った。

「どうかバレませんように」

けれど、残念ながらベナの願いはかなわなかった。

魔法で管理されているだけあって、この植物園の植物は許可なく採取されると、すぐに管理小屋の警報が鳴る仕組みになっている。

管理小屋から、植物園の管理人のケーシー夫人がすっ飛んできて、あっという間に三人が花を摘んだことは知られてしまったのである。

「まったく、この悪戯娘たちは」

「ご、ごめんなさい」

「反省文、明日までに提出なさい。——ま、それはそれとして」

ケーシー夫人は見た目だけを言うなら、二十代後半に見える女性だった。ただ、魔術師の常として、実年齢は見た目を大きく上回り、四十代に達している。すらりとした肢体を無骨な作業着で包んでいて、手足はきびきび動く。

三人を叱りながらも、ケーシー夫人は作業着の胸の前で腕を組み、そばにあるパラジニアの花壇を興味深そうに見やった。

「管理魔法に傷をつけずに花を摘むことはできたようね。一年生の悪戯にしては上出来。そのことに対してだけは、いいものをあげようかしら」

——いいもの？

身を小さくしていたサラたちがいぶかしげな顔をすると、ケーシー夫人は軽く笑ってみせた。

「摘んでしまった花はもう元には戻せないんだもの。ちょっと、ここで待ってなさい」

そう言って、一度、管理小屋に帰ったケーシー夫人がサラたちの前に戻ってきた時、その手には四角い箱のようなものが握られていた。写真機だ。近年、非術師たちの世界で発明されたその道具は、魔術師たちの世界にも浸透しつつある。さらに言えば、魔術師たちは魔具開発の技術を応用して、この道具に改良を加えてもいた。非術師たちの写真機がもっと大きく、持ち運びも大変なのに対して、魔術師たちのそれはほとんど手のひらサイズである。

「ほら、そこに並びなさい。花は髪に挿したままで。一枚、撮ってあげる」

顔を見合わせたサラたちの中から、ネモラが代表しておそるおそるたずねた。

「いいんですか?」

「摘んだ花が無駄に枯れていくのを見るのが、私は嫌いなの。せめて、美しく咲いている姿を記念に残してあげるくらいはしないと」

「でも……」

「それに、あなたたちも気に入ったんでしょ? その花のこ

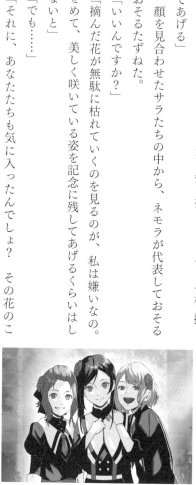

と。『いつまでも仲良く』。素敵な花言葉よね」

これにはネモラも、そして、サラもベナもぱっと顔を明るくした。

ケーシー夫人もそんな少女たちに笑顔を向け、

「ただし、現像した写真は、あなたたちが書いた反省文と引き換えよ。ちゃんと真面目に書かないと、渡しませんからね。いい？」

もちろん、三人が大喜びで反省文を書くことを約束したのは言うまでもない。

3

四月。

魔法学校は一年で最も活気に満ちた季節を迎える。

冬の間、植物園でしか咲くことができなかった草花が学内のあちこちで咲き誇り、長い冬眠から目を覚ました妖精たちが花びらの間で陽気なタップダンスを踊る。真新しい制服を着た新入生たちが、緊張の面持ちで初めて校門をくぐるのもこの時季だ。学内を案内する教師たちのにぎやかな声に、駆ける子どもたちの足音。配られたばかりの教科書の紙の匂いが漂《ただよ》う教室では、この春、赴任したばかりの新任教師が少し震えながら教壇に立つこともある。

三年生になって、サラは結局、魔術学科に進級した。

背中を押してくれたのは、シーノの言葉だった。

「迷ってるなら、ひとまず望まれた道に進んでみな。それで合わなきゃ、また一からやり直せばいい。どの道、『魔法で何をしたいか』なんてのは学校だけじゃなく、一生をかけて考えていくことなんだよ。それが魔術師ってもんさ」

マドックをはじめとした教師たちに聞いたところ、魔法学校には一度入った学科から別の学科に移る転入制度もあるのだそうだ。

なら、シーノの言う通りにしてみるのもいいかもしれない。

そう思い、サラは迷いを振りきったのだった。

玄関ホールの天井は、はしごを使っても上れないほどの高さだった。

天井に模様として描かれているのは、古い時代を生きた偉大な魔女や魔術師たちの肖像画である。あの悲劇の大魔女ユシルの、どこか儚げな姿も交じっている。そんな魔女や魔術師たちが見下ろす先に、窓から差しこむ陽の光で照らされたホールの空間があった。

三年生以上の生徒たちが学ぶ学究校舎。

建物の左右に背の高い二つの鐘楼が並んでそびえ立ち、外見上は大聖堂のようにも見えるこの校舎は、それまでサラたちが学んでいた幼年校舎に比べると、かなり規模が大きく内部も広い。この玄関ホールにしても、ちょっとした歌劇場なみの容積があって、行き交う生徒や教師たちのがやがやとした声が、ホールの壁や天井にあたって反響している。

その日の授業を終えたサラが足早に玄関ホールへ向かうと、そこには約束をした相手の姿がすでにあった。

「あ、サラだ」

「遅いよー」

ホールの出口のすぐそば、魔法生物ガーゴイルを象《かたど》った大きな銅像の横で、制服を着たベナとネモラがサラのことを待っていた。

「ごめんごめん」

小走りに二人のところへ駆け寄ると、サラは自分の顔の前で両手を合わせてみせた。

「掃除魔法の授業が長引いちゃって」

ベナが首をかしげた。

「掃除魔法?」

「雑巾やホウキにかけて、自動的に部屋のお掃除をしてもらう魔法――ま、それはいいんだけど、あれ、失敗すると、ホウキや雑巾が逆に部屋を汚しまくるんだよね。今日は初めての授業だったから、ほとんどの人が失敗して、教室中、めっちゃくちゃ」

で、その後始末をクラスの生徒全員でやった結果、終業時間が延びてしまったというわけである。

「あはは。なんか、魔術学科って聞いてたより楽しそうなことやってるね」

ネモラがおかしそうに笑い、こちらも笑顔のベナがうなずいてから、

「でも、便利そう。というか、そういう魔法があるなら、学校の掃除も全部それでやってくれればいいのに」

「あんまりお勧《すす》めはしないなあ。教室で失敗するならまだマシだけど、学校全体で失敗したら悲惨だよ？」

何かの間違いでトイレ担当のブラシやすっぽんが大暴れしたら、それこそ地獄絵図だとサラは思っている。

「確かに後片付けは大変そうだね」

「でしょ？」

うなずきながら、サラは玄関ホールの壁を見上げた。石組みの壁の一角に、人間の体より大きな鳩《はと》時計が設置されている。時計の針が指す時刻は、もう夕方になりつつあった。

とはいえ、校舎が閉まる時間にはまだ早い。

「ちょっと遅くなっちゃったけど、どうする？　――って、行くに決まってるよね」

苦笑まじりにサラが自分で質問の答えを口にしたのは、ベナの横にいるネモラがこれ以上ないくらい目を輝かせているのに気づいたからだった。思うに、この子は単に魔法考古学が好きというより、自分が興味を持ったものに対して常にまっすぐなのではなかろうか。

「当然！」

と、そのネモラはサラの言葉に応えて、キラキラした顔で辺りを見回した。

「三年生になって初めて入れてもらえた魔法学校の学究校舎だよ。きっと魔法の仕掛けなんかも、いっぱいある建物だよ。これが探険せずにいられますかって」

まあ、そういう話なのである。


最初に向かったのは、ホールから近いところにある図書室だった。

ここも幼年校舎にあったそれに比べると、かなり広い。内装も立派で、蔵書も多岐にわたっている。天井まで届く背の高い棚には、基礎課程では学ぶことのない、中級以上の魔法について書かれた本がいっぱいだ。

とはいえ、ネモラなどはあまりお気に召さなかったようで、

「うーん、なんか意外と普通……もっと面白いものがあると思ったのに。書かれてる呪文を自分で唱えて魔法を使ってみせてくれる本とか、開いた瞬間、挿絵に書かれた魔物が飛び出して襲いかかってくる本とか」

「そういう危ないのは、さすがに私たちが借りる場所に置いてないでしょ」

サラは笑って、手に持っていた魔法書を棚に戻した。

「大体、最初のなんて、本として何の意味があるわけ？」

「護身用とか？」

「やっぱり本の必要ないじゃない」

続いて向かったのは、生物標本室。

この部屋も広い。辺りに並ぶガラス張りの棚の中には、ごく普通の動物や昆虫に加え、魔法生物の類いも、数多く剥製として飾られている。キマイラやケルピー、雷光虫にバイコーン。

「ベナの楽園だ」

「いや……私はこういうのじゃなくて、どっちかっていうと、生きてる動物の方が」

「でも、これからは解剖とかもやらなくちゃいけないんでしょ？」

「うー、思い出させないでよ」

魔具開発科と生物学科で悩んでいたベナは、生物学科に進んでいた。

その後は魔術工芸室、薬品室、中庭、鉱石標本室と見て回った。

どの場所にも、三人をあっと驚かせるようなものはなかったが、新しい場所を巡るのは、それだけで楽しかった。いままで知識として知っていても、身近ではなかったものを見るのも興味深い。ついつい、三人とも部屋と部屋を結ぶ廊下で早足になってしまう。とはいえ、これだけあちこち見て回っても、校舎の全容を知ったとは言い難かった。とにかく、内部が広すぎるのである。

「こんなに広いなら、廊下や階段じゃなくて、魔術通路でいろんな場所を結んじゃえばいいのに」

さすがに少し疲れたのか、長い階段の前でベナが息を切らして言うと、こちらは平気そうな顔をしたネモラが目の前の階段を見上げて笑った。

「たぶん、生徒は魔法の勉強だけじゃなくて、体力もつけなくちゃダメとかいう理由なんでしょ。変なとこで古臭いんだよね、この学校」

「それもあるけど」

と、サラはいつもの癖で髪をいじりながら口を挟んだ。

「この校舎、最初に建てられたのが三百年以上も前なのよ。魔術通路の技術が改良されて、魔術師なら誰でも安全に使えるようになったのは、せいぜい百五十年前だから、そのせいもあるんじゃない?」

これにはベナもネモラも「へー」と感心した表情になった。

「そういうワケがあったんだ」

「サラ、さすが」

「まあ、ほとんどはネモの言った通りのマッチョな理由だろうと、私も思うけどね」

サラが苦笑してみせると、そのネモラは心の底から楽しそうな目で周囲を見回した。

「でも、そんだけ古くて歴史のある建物ならさ。秘密の隠し扉とか、いまは誰も知らない地下通路とかもあったりして」

「まさか」

笑い飛ばしたサラだったが、わずか数分後に自分の言葉を撤回することになる。

「——なんだろ、これ。地下室の入口?」

「秘密の扉だ! てか、サラ、よく見つけたよね。この部屋のドア、目くらましの魔法がかかってたでしょ?」

「うーん、なんか魔法の痕跡が『視』えたから。もしかしたら、って……」

そこは薬品室の近く、一階から二階へ続く階段の裏手にある、手狭な小部屋だった。

本来であれば、生徒や教師が好んで立ち入るような場所ではない。

しかも、どういうわけか、部屋のドアの周囲には目くらましの魔法がかけられていて、無骨な石の壁だけが見えていた。階段を上がろうとした時、サラは妙な耳鳴りを感じ、音の発生源を集中して透視したところ、部屋のドアが現れたのである。

ドアを開けて入ってみると、中は物置のような部屋だった。

空気がかびくさい上に埃《ほこり》っぽく、薄暗い。しかも、床に敷かれた絨毯《じゅうたん》以外、がらんとして何もない。サラとベナががっかりして部屋を出ようとした時、一人、喜々として部屋のあちこちを調べていたネモラが、絨毯の下にあったその入口を見つけた。床の一部、折り畳み式の金具がついたハッチ。三人で苦労して金具を引っ張ってハッチを開けると、ハッチの下では、暗い階段が地下へ向かって延びていた。

「どうしよう？」

「どうしようって、下りるしかないでしょ」

少し不安そうなベナとは対照的に、ネモラはいまにも駆け出しそうなほど、はりきっている。

「でも、生徒は立ち入り禁止の研究室とかだったら……」

「その時は、間違って入っちゃいましたって謝ればいいいって」

ベナに困ったような視線を向けられ、サラは小さく息をついた。そして、制服の懐から小指ほどの水晶の欠片《かけら》を取り出した。

「――スティーラ」

呪文を唱えると、サラの手のひらから水晶の欠片がふわりと浮かび、同時にぼんやりとした白い光を周囲に放ち始めた。基礎課程で学んだ、明かりの魔法だ。

「サラ？」

「このまま見なかったことにする、ってのも確かにモヤモヤするでしょ」

ベナの問いかけに応えて、サラは魔法の明かりを闇に包まれた階段へ向けた。階段を下りた先には、また扉があるようだった。

「それにここで私やベナが帰っても、ネモは一人で行っちゃいそうだし」

「あはは、分かってるね、サラ」

嬉《うれ》しそうに笑ったネモラが、先陣を切って階段を下り始めた。明かりを灯《とも》したサラと、少しためらいがちなベナがあとに続く。階段はそう長いものではなかった。すぐに終着点に到着し、ネモラがそこにあった木製の扉に手をかけた。ギギィときしんだ音を立てて、扉が開く。

「あ、また部屋だ」

「こっちは何かの作業部屋っぽいね」

サラの言葉通り、その部屋には古びた作業台や、薬剤用の棚などが置かれていた。ただし、棚の中は空っぽである。天井は低く、地下であることも相まって、どこか息苦しさも感じる。

「何か面白いものないかなー？」

早速、ネモラが部屋のあちこちを調べ始めた。

サラは部屋の奥に設置されていた、これまた年季の入った木製の机に近づいた。その机の上にだけは何かが載せられていた。深い緑色の表紙。

「本？」

「うん。でも、普通の本じゃないみたい」

隣にやってきたベナの問いに答えながら、サラは手に取った本をぱらぱらとめくった。

「印刷された字じゃなくて、手書きの文字だもの。この部屋を使ってた魔術師の研究書じゃないかな」

「研究書！　何が書いてあるの？」

声を弾ませてたずねてきたのは、ネモラである。

「何がっていうか――」

ページを読み進めるうちに、サラの目がいつしか真剣なものになっていった。それも当然のことだった。そもそも、こういう研究書は個々の魔術師が自分用の記録として書くものので、他人に読ませることを目的に書かれる本ではない。もっとも、それだけに普通の魔法書には載っていない知識や研究の成果が記されていることもある。

この本もまさにそういう書物だったようで、学校の教科書などではまず目にしない内容が、数多く書き残されていた。ほとんどは、いまのサラたちには扱えそうもない、非常に高度な魔法に関する記述だ。

「ゴーレムの生成呪法……人間に不老の力を与える魔具の作り方……人工血液の醸成……死者の蘇生術《そせい》……死者と別世界で再会する魔法――」

「え、それって」

ベナが驚きの声をあげた。サラが口にした内容の多くは、単に高度であるというだけでなく、多くの魔術師たちの間で禁忌《きんき》とされている魔法だった。

「他には、魂と肉体を繋ぐ『鎖《くさり》』についての内容が多いね」

本を手にしたまま、サラはつぶやいた。

「人間の魂を肉体に繋ぎとめ、生命を維持している鎖。それはまるで砂時計のような形をしている――か。この辺は普通の魔法書に書かれてることと変わらないな。けど、その鎖を制御して、自由に操る魔法理論についても書かれてる」

うーん、とネモラが首をひねってみせた。

「誰かを生き返らせたかったのかな？　この本を書いた人」

「それ自体、とんでもない禁忌だけど――あ」

さらにページをめくったサラの目に、今度はその文字が飛びこんできた。

「魔女の涙……？」

「なにそれ？」

と、ベナ。

「魔力を凝縮した魔塊石《まかいせき》の一種みたい。えーっと……この魔女の涙はユシルの大樹の内部に秘《ひ》す。その青く輝く魔塊石に触れれば、失われた恋人に会うことができるだろう――って、え～」

さすがにバカバカしくなって口元を歪めると、サラは持っていた本を机の上に置いた。

「なんか、研究書じゃなくて、ただの妄想日記な気がしてきた、この本」

「それじゃつまんないって」

これはネモラの意見である。

「書いた人は死んでしまった恋人とまた会いたかったのかなあ」

ベナはそこが気になるようだ。サラが机の上に戻した本のページをまためくり、

「あっ、見て見て。最後の方に、まだ何か書いてあるよ」

「どれどれ――この成果、我が想《おも》い人にして、偉大なる賢者ユシルに捧《ささ》ぐ……えっ？　ユシルっ？」

本の記述を読み上げたネモラの声の音程が、今度こそ跳ね上がった。

かつて、ウルガルズの街を救いながらも、無残な死を遂げた大魔女ユシル。

もちろんその名を知らぬ者は、この魔法学校にというか、魔術師にはいない。

そして、そのユシルには一人の恋人がいたことも、広く知れ渡っている。

「てことは、この本を書いたのって、ユシルの恋人のレッド!?」

「大好きだったユシルを生き返らせたくて禁忌の魔法を研究してたの!?」

興奮気味に話すネモラとベナの横から、サラは「待って」と声をかけた。

「その本書いたの、多分、一人じゃないよ」

「え?」

「読んでて気づいたの。ページによって文字の書き方が全然違うのよ、その本。いまネモが読んだ文章は、確かにレッドっぽいけど……ほら、その下に別の文が書かれてるでしょ」

サラの言う通りだった。

ネモラが読んだ「いかにも」な文章は、どちらかというと、女性的な美しい筆跡で書かれていた。その下に、こちらは筆圧が強く、野性味のある文字で別の文章が続いている。

内容は、

「彼《か》の者に魔法はいらず、彼の者に絶望はない、ゆえに世はなべてこともなし……どういう意味？」

「ていうか、誰の文章？」

もちろん、ネモラの問いにも、ベナの問いにも答えられる者はいなかった。

4

翌月のことである。

サラはネモラやベナと共に学校の休暇を利用して、とある場所へ向かった。

あの地下室で見つけた本については、三人の中で、誰にも話してはいけない秘密の扱いになっていた。というのも、地下室で一通り本を調べた後、ネモラがこんなことを言い出したからだ。

「この本、もし中身が『本物』だったら、先生がすぐに私たちから没収しちゃうと思う。けど、そうなる前に、本に書いてあったこと、私たちにできる範囲で試してみない？」

この案にはベナもサラも賛成した。

サラなどは、どちらかといえば本の内容について懐疑的だったが、だからといって、興味がないわけではなかったのだ。それに、本に書いてあった魔法には、禁忌に触れる危険なものも多かったが、そうでない魔法もあった。危なくない範囲で未知の魔法を試すくらい構わないのではないか？　ネモラだけでなく、サラやベナもそう思い、放課後に集まって、本に書かれていた魔法のいくつかを実際に試してみた。ただ、こちらについては、ほとんどうまくいかなかった。理論を知っただけで気軽に魔法が使えるなら苦労はない。それ以前に、本の内容が正しいとも限らなかったが。

「そもそも、学校の地下にあのレッドが書いた本があった……ってところがね。レッドって、魔法学校ができる前に生まれた魔術師のはずでしょ」

このサラの意見にはベナも同意して、

「大昔に書かれたにしては、本の見た目も新しすぎだよね。まあ、レッドがユシルにもう一度会いたくて、いろんな研究をしてたって話はロマンティックだから、私は信じたいけど」

「じゃあ、いったん魔法の方は置いといて、本の中身が本当かどうか、先にそっちを確かめてみる？」

そんな提案をしたのはネモラだった。

「確かめるって、どうやって？」

「ほら、魔女の涙ってやつ。ユシルの大樹の中にあるって話なんでしょ？　ご丁寧に、大樹の内側に入る道まで本には書かれてるし。今度の休みにでも行ってみようよ」

　かくして、三人でユシルの大樹へ向かうことになったのである。


　ユシルの大樹の周辺には緑豊かな森が広がり、いくつかの湖が点在している。

周りが森になっているところは、ハルハリーリの街にも似ていたが、こちらには非術師よけの魔法はかけられていなかった。といっても、あえてこんなところに来る人間など、まずいない。魔術師たちは偉大な魔女の墓標とも言える大樹に敬意を払っているし、非術師たちは魔女の呪いを恐れているからだ。希少な植物や鉱石でも採れるのであれば、話はまた違っただろうが、この辺りで得られるものは、ウルガルズやハルハリーリ周辺の産出物と大差なかった。

　人目がないのをいいことに、サラたちはホウキに乗って、空から大樹の根元に近づくことにした。

　一面に広がる森と湖の先。

天に向かって伸びる巨大な柱のように、大樹がそびえていた。当たり前だが、近づけば近づくほど、人間の視界ではその全容をとらえるのが難しくなる。とにかく木が大きすぎて、人のサイズでは、アリが木の根元を這《は》っているような状態になってしまうのだ。そのせいか、あの本に書かれていた、大樹の内部への侵入ポイントを探すのも一苦労だった。サラなどは、どうせ眉つばものの話なのだから、途中であきらめて帰ってもいいのではないかと思ったほどである。

けれど、少なくとも、本のその記述だけは事実であったことが、やがてサラたちの目にも明らかになった。

「ほんとにあった……」

ホウキを降りたサラは、目の前でぽっかりとあいた巨大な穴を見上げて、やや呆然《ぼうぜん》とつぶやいた。

穴ではあるが、普通の洞窟とは全然違う。

第一、穴の周辺を覆っているのは、地表に露出した大樹の根そのものだ。ごつごつとした巨大な根の隙間にあいたほら穴。自然現象でできた穴なのか。それとも、人工的に根を削ってあけられた穴なのか。その辺りはぱっと見ただけではよく分からない。しかし、とにかく穴の先には道が続いているようである。

「しまった」

サラの隣で、ネモラが自分の着ている服を見下ろしていた。

「こんなことなら、学校の実地研修で使ってるツナギを着てくるんだった」

そういう言葉を口にするということは、ネモラも本心では穴が見つかることを大して期待していなかったのだろう。

今日は休日だったが、ネモラにしろ、サラやベナにしろ、着ているのはいつもの学校の制服だった。

ただ、並んで立つと、三人の制服のデザインはそれぞれ微妙に異なる。魔法学校は制服の規定がゆるやかで、生徒が自分好みにアレンジすることも許されている。制服としてだけでなく、外出着としても使えるよう、趣向を凝らす生徒も多い。加えて、この制服の生地はハルハリーリの魔具工場で作られたもので、少々の汚れなら自動で弾《はじ》くよう、魔力がこめられていた。ピクニックには最適な服なのだが、さすがに「洞窟探険」となると、心もとない。

「どうする？　いったん戻る？」

ネモラが制服のスカートの裾をつまんで二人に問いかけた。

サラはかぶりを振ってみせた。

「いや、とりあえず大丈夫でしょ。中の道、結構歩きやすそうだし」

先に進んで無理そうなら、改めて出直せばいい。

サラはそう言い、これにはベナも賛成した。

「一度戻ったら、お昼を結構過ぎちゃいそうだしね」

「うーん……」

一人、ネモラだけが渋い顔で首をひねってみせた。普段とは真逆の光景で、「珍しいな」とサラは思った。しかし、考えてみると、この中で魔法考古学科に所属していて、実際に遺跡探索などの経験があるのはネモラだけである。その経験が慎重さに繋がっているのかもしれない。

「戻るなら、時間を考えると、別の日に改めて来た方がいいと思うけど」

「あーうん、そうなるよね」

サラの言葉に、ネモラは小さく肩をすくめてみせた。そうしてから、ようやくいつもの笑顔になると、

「ま、このまま何もせずに帰るってのも、確かにつまんないか。よし、行こう！」

「うん」

うなずいたサラは懐から明かり用の水晶の欠片を取り出した。


サラの予想した通り、穴の中は舗装された道路とはいかないまでも、それなりに平坦な道が続いていた。

靴の下の地面は、ごく当たり前の土であることもあれば、硬い大樹の根が張っていることもある。完全な人工のほら穴というわけではなく、元々、大樹の根元にあった空洞の一部を利用して、人が通れるような場所にしたのかもしれない。

宙に浮かべた水晶の光に照らされた道を歩きながら、サラは例の本に書かれていた内容を改めて反芻《はんすう》していた。

「旧世界とは、いま私たちの生きる世界とは違い、魔法が存在しない世界である――だが、同時にその世界は私たちの世界と鏡合わせのように重なり合っている――この魔法は、その旧世界で死者と再び巡りあうためのもの――死者の遺体さえあれば、魔力と引き換えに、旧世界で死者、もしくは魔法の使用者が望む人と再会することができる――」

記憶の中から本の記述の一部を引っ張り出した後で、サラは「う〜ん」とうなった。

「やっぱり、ウソ臭い。特に『死者の遺体さえあれば』ってとこ。本を本当にレッドが書いたんだとしても、それって結局、ユシルは火あぶりにされて灰になったから無理でした、って言い訳じゃない？」

「再会の魔法かあ」

サラの隣でベナが首をかしげた。

「死者の蘇生術とはまた別の魔法なんだよね？」

「そう」

と、サラはうなずいた。

「蘇生術は私たちの世界で死んだ人を生き返らせる方法。再会の魔法は旧世界で死者と再会するのが目的。死んだ人ともう一度会うための魔法ってとこは同じだけど」

そのどちらも、あの本に記されていた。本を書いた者が死者との邂逅《かいこう》に興味を持っていたことはよく分かるが、それにしてもだ。

「魔力と引き換えに、っていうのは、魔法を使っちゃうとロストになるって意味なのかな？」

ベナがまた口を開いた。

「そんなにすごい魔力が必要な魔法？　でも、魔女の涙があれば、再会の魔法を使わなくても、死んだ恋人と会うことができるってこと？」

大体、とサラは思う。

魔女の涙なる、とてつもない力を秘めた石が本当にあるのだとしたら、他の魔術師たちが残した魔法書の中にも、その名前が出てきていい気がするのである。

けれど、サラが知るかぎり、そんな魔法書はない。その名を知っている魔術師は、博識な魔法学校の先生たちの中にさえいない。

「つまり、嘘《うそ》八百を並べ立てた、ただの妄想日記……だと思ったんだけどなあ」

「でも、ユシルの大樹の入口はこうして見つかっちゃった」

ネモラが笑いながら横から会話に加わってきた。その手には、あの学校の地下室で見つけた本が抱えられている。

「こうなると、妄想とは言えなくなっちゃうよね。この寄生樹の内側に入る道のことは、学校の図書室に置いてある本にだって書かれてなかったし」

「そこなんだよねえ」

と、サラはいつものように左手で自分の髪を触《ふれ》った。

「ま、これもちょっとした宝探しだと思えば、悪くはないけど」

「不思議な本に記された秘宝を追え！　って？」

「そうそう」

ネモラの言葉にうなずきながら、サラは辺りを見回した。地面には土の箇所もあるが、頭上や自分たちの横に延々と続くのは、ユシルの大樹そのものだった。節くれ立った木の根。しかも根は一本ではない。複数の根が幾重にも折り重なり、絡み合うことで、ほら穴の壁や天井になっている。普通の樹木の根ならこうはならないだろうが、そこはこの大樹が普通ではないせいもあるのだろう。自然の木ではなく、伝説によれば、かつては人間の一部だった木。

「寄生樹、か」

根でできた周囲の壁を見て、サラはつぶやいた。

「魔力を持った人間は、最後には必ず自分の寄生樹に食われる……私はどんな木に食べられるんだろう？　ちょっと怖いな」

「サラの木は大きくなりそうだなあ。学長も認める天才だもん」

サラがあまり好きではないその単語を、ネモラが口にした。思わずサラは眉をひそめたが、ネモラはサラの表情に気づいていない様子だった。

「私の魔力なんて、ほんと、へっぽこだからさ。きっと死んでも……ん？　なに、これ？動物の骨？」

足を止めたネモラの横に、白い何かの欠片が転がっている。

気を取り直して、サラも同じものに目を向けた。

「骨っぽいね。まあ、ここ、周りが森だし。迷いこんで出られなくなる動物もいるんでしょ」

「うええええ」

「ねえねえ。もしかして、あれってさ」

この声は少し先に行っていたベナだった。

ここらは道がやや上り坂になっている。

坂の頂上までたどりついたベナの手が、道の先を指差していた。

辺りは、最初に穴に入った時に比べてかなり明るくなっていた。周囲を覆い尽くしていた大樹の根に隙間が増えたせいだ。外の光が差しこんでいる。これくらいならもう、明かりがなくても周りが見えるだろうと思い、サラは魔法の明かりを消した。そうして、ネモラと一緒に坂を上りきると、前方へ目を向けた。

「わあ」

「これって」

期せずしてサラとネモラの唇から感嘆の声が漏れた。

そこはまるで、地中に突如として現れた祭殿のような場所だった。

ぽっかりと開《ひら》けた空間。

頭上からは神々しい陽の光が差しこみ、地面にはユシルの大樹とはまた種類の違う、ごく普通の低木や草が生えている。けれど、見えるのは植物ばかりではない。

開けた空間の中央、明らかに人の手で削ったと思われる岩を積み上げた、厳かな遺跡がそこにあった。


「本に描かれた遺跡だ！」

「本当にあった。この本は間違ってなかったんだ！」

例の本を開き、本の絵と目の前の遺跡を見比べながら、サラとネモラは声を弾ませた。

その横から、ベナがこちらも「すごいすごい！」と歓声をあげて飛び出す。

遺跡は太古の権力者たちが築いた墳墓《ふんぼ》にも形が似ていた。ただし、遺跡全体の大きさは、そういった大掛かりな墓所に建てられる石塔などよりずっと小ぶりで、高さもせいぜい人が住む平屋くらいしかない。

正面に歩いて上がることができそうな階段が数段あった。階段の先に奇妙な模様が彫りこまれた岩がでんと鎮座している。岩には中央部分にくぼみがあって、そこから青い輝きが漏れ出ていた。何か石のようなものがくぼみに収められているようだ。ひょっとして、あれが魔女の涙とかいう魔塊石なのだろうか。

ベナが遺跡の階段を駆け上がった。

ネモラは遺跡のすぐそばにあった小さな石碑に目をやり、

「ん〜。古代ソノーレ文字だね、これ」

それは魔術師たちが魔法の研究や呪文でよく用いる言語だった。

サラは少し冗談めかして、

「なになに〜、読んで読んで〜」

「待ってってば。えーっと」

ネモラも笑って応じ、石碑に描かれた文字を読み上げ始めた。

「侮《あなど》るなかれ……資格なき者は去るべし……」

その間にも、ベナの方は階段を上りきり、岩のくぼみに安置された青い石に手を伸ばしている。

「その者……魔塊に触れし時……即ち……番人目覚める――えっ!?」

ネモラがはっと顔色を変えた。

「待ってベナ！　触っちゃダメっ！」

振り向きながら叫ぶ。
が、遅かった。すでにベナはその青い石を手に取り、しげしげと見入っていたのだ。

「え……？」

いぶかしげにベナが首をかしげた時、地を震わせるような轟音《ごうおん》が辺りに鳴り響いた。

こちらを向いたベナが悲鳴をあげて、バランスを崩した。その足の下で、遺跡の石畳が地震の直撃でも受けたように大きく揺れている。

「ひっ」

そして、サラは異様なものを見た。

ベナの背後、あの青い石が安置されていた岩のくぼみ。

そのくぼみが二度、三度と閉じたのだ。いや、閉じたという表現は違うかもしれない。というのも、サラにはそれがまるで人のまばたきのように見えたからだ。岩がまばたき？　普通ならありえない。けれど、そのありえない現象が、その遺跡が本当は何だったのかを如実に表している。

もう一度、閉じたくぼみが開くと、そこに今度はまぎれもなく赤い光が宿った。

（……目だ）

瞬間的に、サラの脳裏に例の本に書かれていた記述の一部が蘇《よみがえ》った。

ゴーレムの生成呪法。

続けて、何か硬いものが破砕《はさい》される大きな音が発生した。

遺跡が……というより、遺跡の一部に擬態《ぎたい》していたゴーレムが立ち上がろうとしていた。

遺跡の階段の上に鎮座しているようにも見えた岩は、巨大なゴーレムの顔だったのだ。その下、地中に埋まっていたゴーレムの体が地を割って現れる。あおりを食って弾け飛ぶ岩石。その一部は、ゴーレムの目の前にいたベナだけなく、少し離れたところにいたサラやネモラにも降り注いだ。いいや、降り注ぐなどという言い方は生温い。まき散らされた石は、もはや弾丸だった。その一つは一直線に宙を奔《はし》り、そして、

「っ!?」

サラの左目を切り裂いた。

「あああああああっ！」

激痛のあまり、サラは悲鳴をあげた。

世界が赤く染まっていた。飛び散った石はサラの左目に突き刺さりはしなかった。かすめただけだ。しかし、それでも衝撃でサラはのけぞって倒れ、左目の眼球は永遠にその機能を失った。鮮血が無事だった右目にもかかり、見える世界の全てを血の色のカーテンが覆う。

「サラ！」

ゴーレムの前にいたベナのもとへ駆け寄ろうとしていたネモラが叫んだ。

「ぐっ……うっ！」

その声に応じて、一度倒れたサラもよろめきながら身を起こした。事実、痛みにのたうちまわっていられるような状況ではなかった。

「あ……あ……」

この声はサラではなかった。

ベナだ。三人の中で誰よりもゴーレムに近い位置にいながら、幸運にもベナは降り注いだ石の弾丸の直撃を受けなかった様子だった。しかし、そんな幸運、長くは続かない。続くはずもない。

「ベナ！　逃げて！　ベナ！」

「あああ……」

ネモラの必死の呼びかけにも、ベナは動かなかった。きっと恐怖で足がすくんでしまったのだろう。目を大きく開いて、眼前で立ちはだかった巨大な岩の人形を見上げている。赤い目を光らせたゴーレムは、殺意の塊そのものだった。警告を無視した侵入者に対して、一切の情けはなく、一切のためらいもない。己に課された命に従い、牛をも踏み殺せそうな大きな足をゆっくりと振り上げる。

「！」

いったん立ち止まっていたネモラが再び走り出した。

かろうじてまだ一部が残っていた遺跡の階段を駆け上がり、立ちすくんでいたベナのそばに寄ると、ネモラはベナを横に突き飛ばす。だが、それは同時にネモラ自身がベナの立っていた位置で、無慈悲なゴーレムに自分の身を晒《さら》すことを意味している。

サラもまた左目から血をしたたらせながら走った。いや、走るだけでなく、激痛をこらえて叫んだ。

「――ディリ、プグヌス！」

呪文に呼応して、サラの左手が白く輝く。

魔術学科で習った護身用の攻撃魔法だった。光る魔力弾を飛ばし、対象を撃つ。ただし、あくまで護身用、それも対人を想定した魔法だから、そこまで大きな威力はない。あれほど巨大なゴーレムが相手では、その身をよろめかせるくらいが精一杯だろう。けれど、この場合はそれで十分だった。いまにもネモラを踏みつぶそうとしているゴーレムの動きを止め、ネモラが逃げる時間を稼げればそれでいい。

走りながら、左手から生み出した魔力弾でサラはゴーレムの頭を狙う。

が、その時だった。

「!?」

何かが左側からサラの制服のスカートを引っ張った。辺りに生えていた低木の枝がスカートに引っ掛かったせいだった。左目を失い、極端に視界が狭くなったせいもあって、そんなところから枝が突き出ていることにサラも気づかなかったのである。

「あっ……」

いまにも魔力弾を打ち出そうとしていたサラは足をとられて、バランスを崩した。あらぬ方向へ飛んでいってしまう魔力弾。

そして、その瞬間、全ては終わってしまった。

ドカン、と岩が地面に叩きつけられるような音がした。

そこには、何か柔らかいものがぐしゃりと潰される音も混じっていた。

声も出なかった。

人間というのは本当にショックを受けた時、悲鳴をあげることもできなくなってしまうのかもしれない。

ゴーレムが一度振り下ろした足を再び上げた時、その下にあったのは、もはやネモラであって、ネモラではないものだった。飛び散った大量の血、破裂し、肉の外にはみ出た内臓、あらぬ方向に折れ曲がった両腕。そして——。

すでに寄生樹に食われ、表面が樹皮と化した左足。

呆然と立ち尽くし、残った右目で変わり果てた友人の姿を見つめることしかできないサラの前で、ゴーレムがまた動く。

「！」

それを見て、サラもハッと我に返った。

ゴーレムの狙いはあくまでも石碑の警告を無視して、あの青い石に触れた者、つまりベナだった。そのベナはというと、ボロボロになった遺跡の階段の横で倒れていた。ネモラに突き飛ばされた時、そのまま階段の上から転げ落ち、地面で頭を打ったのか。意識を失っている。ゴーレムの赤い目に、ベナの伏した姿が映っている。

（ベナまで殺される！）

背筋が凍ったその瞬間、サラの頭にもう一度、例の本の記述が蘇った。

書かれていたのはゴーレムの生成呪法。

しかし、それだけではない。

生み出す方法を研究するのであれば、当然、それを制御する方法も研究するに決まっている。

左目から流れる血をぬぐおうともせず、サラは制服の懐に手を伸ばし、小さな袋を取り出した。中に詰めてあったのは、オーク樹を燃やした灰だった。元々、オーク樹という木には魔法に干渉する力が宿っている。かつて魔女ユシルが火刑にされた時も、オーク樹をくべて、魔女を焼く炎にしたと伝えられているほどだ。ウルガルズの住人の間でも、この灰を魔除《まよ》けの道具として使う者が多い。

袋の口を開けて、サラはそのオーク樹の灰を空中にばらまいた。

そして、呪文を唱える。

「――プロビーレ！」

古代ソノーレ語の呪文。応じてサラの眼前に輝く魔方陣が現れ、同時に空中にまかれたオーク樹の灰が、呪文そのままの古代ソノーレ文字を宙に作り上げた。虚空に描かれた言語となった灰の塊は、そのまま一直線にゴーレムへ向かって飛んでいき、その巨大な体に張りつく。

ベナに襲いかかろうとしていたゴーレムが、初めて動きを止めた。

「う……痛っ……」

不意にそんな声がサラの耳に聞こえた。気を失っていたベナが目を覚ましていた。頭を振りながら上半身を起こすと、ベナはこちらを見て叫ぶ。

「サラ！　目が！」

「……私は大丈夫」

奥歯を一度嚙《か》みしめてから、サラはベナの声に応えた。

その時、ゴーレムの目からあの赤い光が消えた。

こわれた機械を思わせる動作で、ゴーレムは力なく膝をつき、そのまま轟音と共に地面に崩れ落ちる。巻き起こる土煙。

そして、それっきり、ゴーレムはぴくりともしなくなった。

「でも、ネモが――」

「え……」

サラの前からも魔方陣が失われた。本で見ただけの制御法、しかもほとんど高位魔法に近いそれを、このぎりぎりの状況、ぶっつけ本番で成功させる。確かにサラは天才と呼ばれてもおかしくない魔術師だった。だが、何もかもが遅い。遅すぎた。

「ネモ……？」

つぶやいて辺りを見回したベナの目が、無残なネモラの「遺体」を見つけるのに、そう時間はかからなかった。

interlude 2

ベナの告解

全ては私のせいだった。

あの時のことを私はいまでも夢に見る。

私はそれを悪夢と呼べない。私の不注意が最悪の結果を招いた。私がネモラを、生まれて初めてできた友達を……殺した。全ては私の罪であって、それを悪夢などと呼んで忌避することは決して許されないのだ。

ネモラは誰がどう見ても、治療の必要などない状態だった。

私はその血まみれの体のそばでむせび泣きながら、必死で考えた。

考えに考え続け、そして、出した結論がそれだった。

「……あきらめちゃいけない。あきらめるのはまだ早いかもしれない」

「え？」

泣きながらつぶやいた私の言葉に、サラは驚いた様子だった。

「あの本だよ……遺跡はちゃんとあった。本の中身は本物だった。なら……」

「あ――」

死者の蘇生《そせい》術。

あの本には、旧世界で死者と再会する魔法や、魔女の涙のことだけでなく、この世界での死者の蘇生法についても記されていた。私たちが望むのは別世界でのネモラとの再会ではないから、選ぶとしたら、ネモラの蘇生になる。無論、簡単なことではない。いや、簡単どころか、あれほど高度な魔法、私だけでなく、サラという天才をもってしても実現可能かどうか。だが、やるしかない。私の一生をかけてでもだ。ネモラは私の代わりに命を落としたも同然なのだから。

私たちはネモラの遺体を、ハルハリーリ周辺の森の中にある廃屋まで運んだ。

廃屋は以前、ネモラやサラと一緒に森の中で遊んでいた時、見つけたものだった。どうやら、かつては魔術師が住んでいた家だったらしく、内部には古い作業台や調合器具が残されていた。何より森の中というのが都合がいい。ウルガルズの非術師《ひじゅつし》は森を進めず、ハルハリーリの魔術師は魔術通路《まじゅつつうろ》を利用するから、森には滅多に立ち入らない。私たちがこれから行おうとしているのは禁忌の魔法だった。大人たちに知られれば、絶対に止められる。

畏《おそ》れがなかったと言ったら、嘘《うそ》になる。

しかし、それ以上に私が背負ったものは重かった。魔術師としての禁忌？　生命の倫理？　そんなもの、大事な友達を救うことに比べたら、どれほどの価値がある？

「ぜったい……ぜったいにあきらめないっ」

私の長い贖罪《しょくざい》の日々は、その時から始まった。

二章　命の行き着く先

1

「――肉体と魂は本来、鎖《くさり》と呼ばれるもので繋《つな》がってる。でも、肉体に異常が生じると、魂は繋がりを拒絶し、鎖は壊れる。これが生物の死」

サラが言えば、ベナも言葉を返す。

「じゃあ、まずは体の損傷を治すことが先ね。物理的な損傷って治すのが難しいけど、これがネモを生き返らせる最低条件ならやるしかない」

「あとは、壊れてしまったネモの鎖の代わりに、肉体と魂を繋ぐ別の鎖があれば、ネモを助けられるかもしれない。でも、それは他の誰かから鎖を貰《もら》うということ……つまり誰かが犠牲になる。鎖は他人同士で共有することもできるけれど、それには高度な技術が必要。いまの私たちには難しい。失敗すれば、ネモは死ぬ。鎖を共有したその誰かも死ぬ」

「うまくできたとしても、ネモの体が完全に治っていなければ、魂が肉体を拒絶して、やっぱり鎖は共有した瞬間に壊れる。共有した人も死ぬ」

「そんなこと、ネモが望むわけがないし、絶対ダメ。……大丈夫。畜産学の本に載ってた防腐魔法は想像以上にうまくいった。ネモの肉体の劣化は防げてるし、考える時間はある。一つ一つ、できることをやっていこう」

そんな会話をサラがベナとかわしたのは、いつの日のことだったか。

ベナもそうだっただろうが、サラの生活もあの日から一変した。

もちろん、魔法学校の生徒としての生活はちゃんと続けている。ネモラの蘇生《そせい》は誰にも知られてはならないサラとベナだけの秘密だった。日々、周囲の疑念を招かぬよう振る舞わなければならない。心と顔に仮面をつけてサラはそうした。失った左目についても、「事故に遭《あ》った」の一言で押し通した。唯一、シーノだけはサラの異変を感じ取っている様子で、何か言いたげだったが、口に出してサラを問い詰めるようなことはしなかった。

学校ではネモラは行方不明という扱いになっていた。あの日、ネモラも、そして、サラもベナも、自分たちがユシルの大樹へ向かうことを家族に話していなかった。大人たちはユシルの大樹に敬意を払っている。憚《はばか》られることだけに三人とも隠していたのだ。互いに会うことさえ言ってない。それが幸いした。学校の先生や、ハルハリーリの警官とも言える巡検使《じゅんけんし》にネモラのことを聞かれた時も、二人で完璧に口裏を合わせてみせた。私たちはあの日、それぞれ別の場所にいて会ったりしてない、と。サラの左目のこともあって、大人たちはなかなか信じてくれなかったが、一方で二人が親友のネモラの失踪について口をつぐむ理由も見つけられなかったらしい。サラもベナもまた徹頭徹尾、自分たちの主張を曲げず、最後には大人たちを納得させた。……心の中で歯を食いしばりながらだったが。

そうして、半年が過ぎた。


「ベナ」

朝、校舎の玄関ロビーでその姿を見つけると、サラはすぐに声をかけた。

「あ、サラ」

どこかぼんやりとした眼差《まなざ》しで窓の外を見ていたベナは、こちらを振り向き、そして、すぐに視線をサラの足元まで下げた。

元々、内気なタイプだったが、あの日以来、ベナはサラの顔を見て話すことが少なくなっていた。気持ちはサラにも何となく分かる。この永遠に閉じた左目を見ると、ネモラが死んだ時のことを思い出してしまい、辛《つら》いのだろう。あるいはサラの左目のことも、ベナは自分の責任だと思っているのかもしれない。

サラにしても、あの日からスカートを穿《は》くことがなくなっていた。ネモラを助けようとした瞬間、木の枝にスカートを引っかけてしまったこと。考えてみれば、ユシルの大樹の内部に入る前、服装のことを気にしていたのはネモラだけだった。サラはそれを聞き流し、あげく一番肝心な時に失敗した。見たくはないし、もう一生、穿きたくない。

自由なアレンジが許されているのをいいことに、いまサラが着ている制服は男子のそれを思わせるスラックスタイプだった。

「今日の放課後も行く？」

言葉の一部を省略して、サラは窓際のベナにたずねた。

ベナは下を向いたまま、

「うん」

「そっか。じゃあ、今日は先に行っててくれない？　私はちょっと準備するものがあるから」

言いながら、サラはうつむいたベナの頭越しに、さっきまでベナも見ていた窓の外の景色へ目をやった。秋が深まり、学校の敷地に植えられた広葉樹が色づいている。最初は違和感を覚えたが、いまではこうして片目で世界を見ることにも随分慣れた。だが、それは時間が着実に進んでいることも意味している。

「じゃあ、放課後に」

「うん。放課後に」

短い言葉をかわすと、二人はロビーで別れた。

ハルハリーリの北にその廃屋はある。

屋根にも壁にも苔《こけ》が生え、見た目はいまにも崩れそうなボロ家だった。だが、深い森の中にあるこのボロ家こそが、現在のサラやベナにとって最も大切な場所であり、また、魔術師としての能力の全てをぶつける戦場でもあった。

この半年、ネモラの肉体の再生は遅々として進んでいなかった。

元々、魔法で壊れたものを修復することは基本的にできないとされている。ある種の魔具は壊れても簡単な呪文を唱えるだけで、たちどころに元の形を取り戻すが、それは壊れる前から魔具そのものに復元の魔力が練りこまれていた場合の話だ。予《あらかじ》め準備されていないものに、この手法は使えない。

だから、わずかでも可能性があるのは、修復ではなく再生だった。破壊されたネモラの体の部位を修復というより、もう一度、作り出す。しかし、当然、これも簡単なことではない。人造の血液に人造の骨格、内臓組織。サラたちが学校の地下で見つけたあのレッドの本には、その生成法についても事細かに書かれていたが、最大の問題はそれを実現できるかという点にあった。魔法学校に通っているとはいえ、サラもベナも魔術師としては半人前、修業中の身に過ぎない。いや、仮に大人になったとしても可能かどうか。

ただ、そうやって肉体の再生がうまくいかない一方で、多少は前進したと感じられることもある。

「ベナ、見て！」

荷物を片手にサラが廃屋のドアを開けた時、先にここへ来ていたベナは、作業台の上に横たえられたネモラの枕元に座っていた。

サラはそんなベナの前で、持ってきた荷物を作業台の上に置いた。それは青銅で作られた金属帽と、同じ材質の腕環《うでわ》だった。

「知り合いの魔具職人さんに作ってもらった魔力信号伝達装置《まりょくしんごうでんたつそうち》を改造したの。うまくいけば、ネモの魂と会話できるかもしれない！」

「会話？」

「そう！」

死者の蘇生には、鎖によって肉体と魂をもう一度繋ぐこと、言わば肉体と魂の再接続が必要不可欠である。

しかし、普通、人間の魂というものは、肉体が死ぬレベルの激しい損傷を受け、鎖が壊れると、すぐにではないが、時間の経過と共にやがて肉体を離れる。

例のレッドの本には、魂にそうさせない方法――つまり、将来的な再接続のため、魂を現世と死者の世界の狭間《はざま》に繋ぎとめ、破損した肉体の内に封じ続ける方法も詳細に書かれていた。魔法儀式による魂の位相固定化《いそうこていか》。それは魔術師にとって禁忌《きんき》とも言える死霊術《ネクロマンシー》にさえ踏みこんだ内容だったが、サラもネモラもいまさら禁忌などに頓着《とんちゃく》しなかった。頓着する余裕がなかったとも言える。

サラの「視《み》」るところ、ネモラの肉体の再生は進んでいなかったが、その魂を遺体の内に封じこめることには成功しているように思えた。ただし、あくまでも推測である。確実ではない。しかし、この改造した魔力信号伝達装置を使えば、推測を確信に変えることができるかもしれない。

実際、サラたちはそうした。

ネモラの遺体の頭に金属帽をかぶせ、左手首に腕環をはめる。

そうして、サラは動かないネモラに向かって呼びかけた。

「ネモ。私。サラよ。ベナもいるわ。聞こえる？　イエスなら、二回、信号を送って」

息が詰まるような時間がしばし流れた。

やがて、反応があったのは腕環だった。そこに埋めこまれていた、エメラルドにも似た緑色の魔塊石が、ぴかりと輝いたのだ。それも二度。

「これって……！」

思わずといったふうに、ベナが座っていた椅子から腰を浮かせた。

「うん！　ネモからの信号だ」

サラは安堵《あんど》と歓喜が混ざった声をあげた。

ベナはむしろ切ないほどに必死の形相になって身を乗り出すと、

「ネモ！　ベナよ！　私たち、ずっとあなたを治そうと頑張ってるから！　もう少し待ってて！　絶対また三人で前みたいに遊ぶんだから」

これには信号が返ってこなかった。

それが沈黙ではなく、手段の欠如であることに気づくと、サラはまたネモラに向かって呼びかけた。

「ネモ。ソノーレ文字を先頭から順に私が言っていくから。言いたい文字が来た時に、またイエスの信号を送って」

宣言通り、サラはソノーレ文字を口にし始めた。途中でネモラから信号が来ると、その瞬間に口にした字を紙に書き留める。

やがて、紙面に表れたのは、こんな言葉だった。

――ア、リ、ガ、ト、ウ。

「ネモ……！」

感極まったのか、ベナが泣きじゃくっている。それはあの日以来、初めてベナが見せた涙だった。

サラもまた瞳を潤ませていた。そして、思った。

確かに自分たちの歩みはカメのように遅い。

しかし、それでもこうして一歩一歩、着実に前へ進んでいる。

これなら、いつの日かネモラを蘇《よみがえ》らせることもできるのではないか。

あのはちきれんばかりの笑顔と、何事もなく平穏だった自分たち三人の日々を取り戻せるのではないか。

……だが。

そんな予感は結局、自らの願望で塗り固めた夢想に過ぎなかったことを、サラは思い知らされるのである。

2

それからさらに一年ほどの時が流れていった。

この間、変わったことと言えば、ベナが所属していた生物学科から、薬学なども扱う技術研究科に転科したことだった。

「ネモの蘇生のためには、もっと実践的なことも勉強しないと」

というのが、その理由だった。

「でも……本当にいいの？　ベナは動物が大好きなんでしょう？　ネモだって、ベナが生物学科に進むことを応援してくれてたし」

「そのネモを救うためよ。私の好みとか夢とか、そういうのはもう、どうでもいい。私はネモを絶対に助ける。そうでなきゃいけないの」

「…………」

そのネモラは自分のためにベナが夢を捨てたと知ったら、どう思うだろうか。

サラはそう考えないでもなかったが、それを口に出してベナに伝えることはしなかった。ベナの決意が固いことは分かったし、そもそも、ベナの夢をどうするかは、ベナ自身が決めることだった。友人であろうと、横からあれこれ口を挟むことではない。

そして、そんなふうに自分に言い聞かせるサラ自身の生活もまた、以前とは大きく変わっていた。

一番の変化は学校の寮に入ったことだった。ネモラの遺体を安置している森の廃屋は、サラとシーノが暮らす家から遠く、魔法学校のあるハルハリーリからは近い。学校生活を続けながらネモラの蘇生作業も行うとなると、どうしても実家暮らしは不便だった。

サラが寮に入りたいという希望を伝えると、最近少し化粧が濃くなったシーノは、しばし無言だった。

「……ま、お前がそうしたいって言うなら、私に反対する理由はないね。ただし、一つだけ聞いとく。それは本当にサラ、お前自身の希望なんだね？」

「……。そうよ」

「ならいい。好きにしな。ただし、これだけは約束だ。一月に一度は家にも顔を出すこと。いいね？」

「うん。分かった」

嘘《うそ》をついたわけではない。

ただ、その時のシーノとの会話は、いま思い返してみてもサラの胸をどこか苦しくするのだった。

加えて、サラやベナがそうやって、以前にも増してネモラの蘇生にのめりこんだにもかかわらず、作業は一向に進まなかった。

ネモラの肉体の再生は未《いま》だにほとんどの部位で成功していない。

何より、仮に肉体の再生がうまくいったとしても、その先の妙案がサラたちにはなかった。肉体と魂を繋ぐ鎖。壊れてしまったネモラのそれを代用できるのは、他者が持つ鎖のみだ。これぱかりは肉体と違って、再生法がレッドの本にも書かれていない。では、どうするか。

サラとベナの悩みは深まり、その間も時間は刻々と過ぎていった。そして、そうするうちに、今度はネモラ自身に変化が生じてきた。

あの改造した魔力信号伝達装置でネモラの魂との意思疎通に成功して以来、サラもベナも頻繁にネモラとの会話を行うようになっていた。特に、ベナは毎日のようにネモラと話をしていた。おそらく、ネモラを励ましたくて語りかけていたのだろう。その証拠に、会話の最後、ベナの言葉は大抵これで終わるのだ。

「私たちも頑張ってるから。ネモ、あなたもくじけないで」

最初、ネモラの反応も前向きなものばかりだった。

――アリガトウ。

――私モ、ガンバル。

しかし、いつしかそれが、

――イツマデ？

――アト、ドレクライ、待テバイイ？

に変わり、やがて、

――辛イ。

――苦シイ。

そんな言葉ばかりになっていった。

無理もない、とサラは思う。

ネモラの魂はいま、生者のそれでも死者のそれでもない状態に置かれている。

完全に死者となれば、魂の安息も得られよう。けれど、そうなっていない。生と死の狭間にいるネモラは、どんな場所にいるのか？　サラには想像することしかできなかったが、当のネモラとの会話の中で、断片的な情報を得ることはできた。

そこはただひたすら暗く、何もない場所。

聞こえるのはサラとベナの声だけで、他の音は何も聞こえず、何も見えず、何にも触れられない。加えて、魂だけの存在となったネモラは、眠ることさえできなくなっていた。サラとベナが廃屋にいない時間、ネモラは何も感じられない闇の中で、一人、じっと時が過ぎるのを待っている。一日や二日であれば、耐えることもできよう。しかし、それが一ヶ月、一年と続いたら？　しかも、すぐそばには光に満ちた生者の世界をごく当たり前のように生きているサラやベナがいるのだ。

あの日以来、サラやベナも少し成長し、その容姿は大人のそれに近づきつつあった。けれど、ネモラの体はあの日、死んだ時のまま。

そのことをベナとの会話の中で知ったネモラは、それから数日、サラとベナの言葉に一言も返事をしなかった。

ウルガルズの外れ、人気のない路地裏にその入口はあった。

入口といっても、建物に出入りするためのものではない。付け加えるのであれば、ウルガルズの住人のほとんどはその入口のことを感知していない。

森の中にある魔術師の街、ハルハリーリと繋がった魔術通路に入ることができる入口。

誰も立ち寄らない枯れ井戸のすぐそば、ただの塀にも見える壁の中から、サラは姿を現した。その壁こそが入口だった。壁の周辺にも目くらましの魔法がかけられ、サラが壁から出てくる様子が非術師の目に見えない仕掛けになっている。

「…………」

壁の外に出て、閑散とした路地裏から空を見上げると、サラは小さくため息をついた。

季節は晩秋。

家々の屋根の向こうに見える街の空は、からりと晴れ渡っていた。今年は寒気の訪れが遅いらしい。冬の気配は遠く、街を吹きぬけていく風はまだまだ心地よい。だが、サラの心はそんな秋のさわやかさとは対極にあった。

ふと、今日、学校でベナと交わした会話を思い出す。

ここ最近、あの廃屋に安置されたネモラの状態はますます悪化していた。肉体の話ではない。心の問題である。いまの自分が置かれた状況への絶望、苦悶《くもん》。以前にも増して、頻繁にサラたちへ訴えかけてくる。たとえ、魔力信号で伝えられた短い言葉であっても、それは刺すようにサラの胸に迫った。そして、そんなネモラの悲痛な想《おも》いに耐えきれず、ついサラはベナの前で口にしてしまったのだ。

自分たちがやっていることは、本当にネモラのためになっているのだろうか――？

「それ、どういう意味？　私たちが間違ってるって言いたいの？」

ベナの返答はそれだった。その顔に浮かんだ表情はぎりぎりのところで抑制されていたが、低い声の底にある怒りのうねりは隠しようもなかった。

「ネモはいま少し不安定になってるだけよ。それに、あの日、私たちは決めたはずじゃない。私たちは必ずネモを助けるって。あれは誓いだったと私は思ってる。誓いは破っちゃいけない、そうでしょう？　サラ」

何かが良くない方向へ変わり始めている。

ベナの言葉を聞いた時、サラはそのことを強く感じた。変わろうとしているのは自分なのか。ベナなのか。いずれにしても、いまの自分たちには、明るい未来への展望を描くことができない。その力がない。そのことがひどく辛く、苦しい。

もう一度ため息をつくと、サラは路地裏を出て、ウルガルズの町の通りを東に向けて歩き出した。

今日は月に一度、シーノが待つ実家に帰る日だった。寮暮らしを始める時にシーノと約束していたことである。

街の東門をくぐり、門の外に出るころになると、サラは意識して少し気持ちを切り替えた。迷いや悩みが顔に出ていると、シーノには気づかれてしまう。

高く青い空の下、家のある丘に向けて続く坂道を、特に急ぐでもなく、ゆっくりと歩く。

明日、学校は休みだから、今日は実家に泊まることになるだろう。シーノの顔を見て、懐かしい手料理を食べれば、この沈んだ心もいくらかは晴れるだろうか。

(だといいな……)

だが、そんなことを考えながら、サラが道をさらに進んだ時だった。

「え――」

おかしなものが見えた。

自分の家がある方角。

その場所はいつもなら樫《かし》の木に囲まれていたはずだった。しかし、今日はそこに別の木が見えた。樫の林の中央、空に向かってそびえる大きな木。枝の先には、晩秋のこの季節だというのに新緑を思わせる葉が青々と茂っている。一ヶ月前、サラが実家に帰った時、あんな木はなかった。いつの間にあんなものが――そう思った瞬間、サラはハッとした。

転がるようにして走り出す。

坂道を上りきると、樫の林は目の前だった。

息を切らして、サラは林の中へ飛びこんだ。心臓が早鐘のように鳴っている。そんなはずない、と心のどこかにいるもう一人の自分が叫んでいた。しかし、その叫びはやがて空《むな》しく霧散してしまう。

「はあっ……はあっ……」

荒い息と共にサラが林を抜けた時、そこで見たのは、住み慣れた二階建ての我が家だった。

しかし、いま、その家の一角が破壊されていた。屋根だ。屋根を突き破ってあの巨木が生えている。もちろん、普通ならありえない光景だった。家の中にそんな木が生えてくれば、住人が必ず刈り取る。つまり、あの木は住人が刈り取る間も与えないほどのスピードで成長したか。もしくは刈り取る住人がもうここにいなかったか。

いや、正確にはその両方だ。

「寄生樹……うそ……」

魔術師は最後、必ずその木に食われる。

それは、この家に住んでいた一人の老魔術師の死後、その魔力を食らって成長した木だった。

葬儀はひっそりと執り行われた。

参列者は唯一の身内であるサラと、シーノの生前の知人が数人ばかり。

この質素さは殊更《ことさら》サラが願ったわけでも、シーノが遺言で希望していたことでもない。元々シーノはこの丘にある隠れ家で世捨て人にも似た生活を営んでいた。死後、その葬儀が派手にならないのは当然のことでもあった。しかし、そんなささやかな葬儀でも、二十歳にもならないサラが全てを仕切るなど不可能だっただろう。

諸々《もろもろ》のことをサラに代わって手配してくれたのは、シーノの生前の友人であり、サラの通う魔法学校の教師でもあるマドックだった。

シーノの直接の死因は内臓の病だったらしい。ただ、実質は老衰と言って良かった。そのことをサラに教えてくれたのもマドックである。

「ここしばらくは、ずっと体調が悪かったようだ」

放心状態のサラを前に、マドックは沈痛な面持ちでそう語った。

「人前に出る時は化粧を厚くして、顔色の悪さを隠していたみたいだが」

そのことについては、サラもいまとなっては理解していた。いまとなっては……そう、またしても自分は遅かった。この一年ほどでシーノの化粧が濃くなった理由。もっと早くそのことに気づいていれば、シーノを助けることができたかもしれないのに。いや、それは無理だったとしても、少なくとも、あんなふうに誰にも看取られず、独りぼっちで死なせてしまうことはなかったはずなのに。

「自分を責めてはいけないよ、サラ。シーノはこうなることを以前から覚悟していたし、君のために色々準備もしていた。君がくみとるべきはその想いであって、過去を悔やむことではないと私は思う」

おそらくマドックの言葉は正しい。

調べてみると、生前のシーノはサラの学費や寮費を、卒業まで全て前払いで支払っていた。加えて、サラにいくらかの財産も残してくれていた。少なくとも、学校を卒業するまでサラが生活に困るようなことは絶対ない。それは間違いなく、自分が死んだ後もサラが健《すこ》やかに生きていけるよう、シーノが取り計らってくれたことだろう。

しかし、そのことが逆にサラを打ちのめした。健やかに生きる？　きっと、いまの自分とは真逆の言葉だ。つまり、自分はシーノが死んだ後も、彼女から注がれた愛情に応えられずにいる。生きていた時でさえ、「育ててくれてありがとう」の一言も言えなかったというのに。

長くもない葬儀が終わり、マドックをはじめとした参列者たちが帰ると、サラは寄生樹によって半壊した自宅の中に入った。

サラが発見した時、シーノの遺体はほとんど樹化していて、その形が残っていなかった。今日の葬儀で墓地に埋葬したのも、シーノの寄生樹の一部を切り取った枝だけだ。墓は、家を取り囲む樫の林の外れに作られた。これは生前のシーノが口にしていた希望だった。

シーノは台所で倒れ、そのまま息を引き取ったらしく、家のその辺りは近づけないほど壊されている。

一方、生前のシーノが作業場として使っていた部屋などは無事に残っていた。そこはサラが幼い頃、立ち入りを禁じられていた部屋でもあった。魔術師としてのシーノは薬を作ることも得意で、そこには様々な薬品が並べられていたのである。中には子どものサラが触れるのは危ない薬もあった。ようやく入室が許されたのは、サラが魔法学校の基礎課程を終える直前だっただろうか。

『ま、そろそろいいだろう。さすがにいまのお前なら、甘いハチミツとクマも殺せるバーメット薬を間違うこともないだろうからね。ただし、中のものを持ち出す時はちゃんと私に言うんだよ』

扉の取っ手に手をかけた時、不意にその時のシーノの笑顔と言葉が胸に蘇り、サラは初めて涙をこぼした。実は、シーノが亡くなってからサラは一度も泣いていなかった。泣く資格などない……そんな思いが菌糸のように体中にからみつき、人前ではどうしても涙を流すことができなかった。

扉を開けて中に入った部屋は、整然と片付けられていた。

使いこまれているが、手入れの行き届いた作業台。きちんと分類され、棚に並べられた薬品の数々。一つ一つ、丁寧に道具箱に仕舞われた調合器具。

がさつに見えて、その実、几帳面《きちょうめん》なところもあった生前のシーノらしい部屋だった。

「シーノ……」

つぶやくサラの声に応えてくれる魔術師は、もうここにはいない。

その日、サラは夜が明けるまで一睡もせず、シーノの部屋で過ごした。

3

ふと想像してしまう。

もし、あの本に書かれた蘇生術を使って、亡くなったシーノを生き返らせたら、シーノは何と言うだろうか？

（馬鹿なことをするもんじゃないよ）

サラの脳裏には、シーノの真剣に怒った顔がはっきりと浮かんだ。

それは、サラが禁忌を犯すのを咎《とが》めている顔ではない。

自分のためにサラがそんなことをするのを怒っている顔だ。シーノはそういう人だ。

……人だった。シーノに育てられたサラには分かる。だから、サラはシーノの死を悲しみ、果たせなかったことを悔やんだとしても、シーノを生き返らせようとは思わない。

しかし、だとすれば、いま自分やベナがやっていることはどうなのだろう？

死者の苦しみを無視して、生を押しつける。

しかも、その原動力となっているのは、結局のところ、自分自身の後悔だとサラは思う。あの日、あの瞬間、ネモラを助けることができなかった。その過去を悔やむ想いが、いまの自分たちを突き動かしている。

それは本当に正しいことなのだろうか。


季節がまた移り変わっていく。

秋はまたたくまに過ぎ去り、冬を迎え、そして、春、夏、止まることなく四季は再び巡り、さらに次の年へ。

いつしか、サラとベナは魔法学校の最上級生になっていた。いっぱしの魔術師の一歩手前といったところだ。しかし、それでもネモラの蘇生は未だに成功への道筋が見えない。

そして、ネモラの精神状態はというと、いよいよ限界が近づきつつあった。

その証拠に、ついにネモラはその言葉を信号で伝えてくるようになったのだ。


——死、ナ、セ、テ。


最初それを目にした時、サラは愕然《がくぜん》としたが、もっと激しい反応を見せたのはベナだった。

「馬鹿なこと言わないでっ！」

金切り声に近いベナの声には、必死さと同時に、どこか底知れぬ恐怖のようなものも含まれているようにサラには聞こえた。

「ネモ、あなたの蘇生には確かにまだ時間がかかるわ。でも、私たちは絶対にやりとげる！ だから……だから、そんなこと言わないで。お願い！ 私たちも頑張るから！ あなたもくじけないで！ 頑張って！」

ネモラの返事はなく、そして、サラの胸には、生前のシーノが口にしていた言葉が浮かんだ。

『私はお前に、ただ「頑張れ」なんて言わないよ、サラ。そんな言葉は無責任なだけだからね』
『無責任？』
『そう。目標や期限を決めて、その日までにこういう努力をしなさいと言うなら、まあ分かる。けど、そんなことさえろくに決めず、ただ頑張れ頑張れと言い続けるのは、終わりのない忍耐の押しつけだ。大人同士ならいざ知らず、大人が子どもに言っていい言葉じゃない』

あるいは、それはシーノなりの教育論だったのかもしれない。いまのサラにはそのシーノの言葉が正しいのかどうか、分からない。

ただ一つ分かったのは、返事をしないネモラの心に、ベナの言葉や想いはきっと届いていないだろう、ということだった。

そう。

いまになって、やっと理解した。

生と死の狭間に長く閉じこめられてきたネモラの心は、もう生者のそれではなく、死者のそれへ変わりかけている。

生者には生者の想いがあるように、死者には死者の想いがある。死の安息への渇望《かつぼう》と、生への執着。前者が後者を上回っている死者に向かって、なお「生きろ」と強制するのは拷問以外の何ものでもない。少なくともサラはそう考える。

しかし、そのことを、ネモラのいないところでサラがベナに伝えると、ベナはやや昏《くら》い目をしてサラにこう言い返した。

「だったら……ネモの心を変えてあげればいい。死霊術《ネクロマンシー》には、死者の生への執着心を増幅して力に変える魔法もあったはずだわ。それを応用して、ネモの心を変えれば、また前みたいに『生きたい』って思うようになるかもしれない」

「それは……ダメよ、ベナ。魔法で心を変えるなんてことをしたら、ネモはネモじゃなくなる」

「じゃあ、どうすればいいって言うの!?」

「……。私はもうこれ以上、ネモを苦しませるのは——」

「言わないで！　第一、サラ、いまの話はあなたの想像でしょう？　ネモの心が死者と同じだなんて私は信じない。いまは苦しい思いをしてるかもしれないけど、蘇生さえうまくいけば、きっと元のネモに戻る。そう信じてる」

対立はもはや決定的だった。

ベナはますます頑《かたく》なにネモラの蘇生を追い求め、反比例するかのごとく、サラは消極的になっていった。しかし、それでもサラは自身の考えを行動に移すことはしなかった。できなかったと言ってもよい。

怖かったからだ。

いまのネモラを蘇生させることなく、苦しみだけを取り除こうとすれば、方法は一つしかない。

それはすなわち、ネモラをもう一度殺すこと……。

「――聞こえてる？　ネモ。私、サラよ。今日は十一月十八日。昼の二時九分」

扉を開けて森の廃屋に入ると、サラはまずネモラに声をかけた。

これはネモラとの意思疎通ができるようになって以来、毎日のように続けていることだった。サラだけではない。ベナもだ。現在のネモラには外界との接点がサラとベナ以外ない。せめて伝えられることは伝えよう。そう考えてのことである。

ベッド代わりの作業台に寝かされたネモラは、サラの言葉に反応しなかった。近頃はいつもそうだ。以前に比べて、ネモラは自分の苦しさをサラたちに訴えてくることが少なくなった。ただし、その分、サラたちに返事をする頻度も大幅に低下している。

構わずサラは語り続けた。

「今日はベナとケンカしちゃった」

今日は、と言ったが、二人の口論は最近珍しいことではない。

ベナの姿は廃屋になかった。

所属している技術研究科の実習があるという話だったが、あるいはここでサラと顔を合わせるのが気重なのかもしれなかった。

「二年くらい前からだよね。ベナの様子がおかしくなっちゃったの。気持ちは分かる。私も最近よく『前と変わったね』って言われるの」

これではまるで、ネモラに愚痴を聞いてもらっているようだ。

話し続けながら、サラはそう思った。

本来、この声かけも、辛い状況に置かれたネモラを励ますために続けてきたことだった。しかし、サラはすでに知っている。いまのネモラがサラやベナの言葉で励まされることはない。言葉ではもう無理なのだ。そんな段階はとうに過ぎてしまった。一体どこで自分たちの歯車は狂ってしまったのか。何度考えてみても、サラには分からない。

「あの頃に帰りたいな……」

秋の気配が深まった窓の外の景色に目をやって、サラはつぶやいた。

まだ魔法学校の基礎課程に在籍していた時、サラ、ベナ、ネモラの三人で撮った写真。寮で暮らすサラの部屋にいまも飾ってある。

「あの頃に……」

不意に強くなった秋風が、廃屋の窓をガタガタと叩《たた》いた。

この音はネモラには聞こえない。

改造された魔力信号伝達装置を身につけたネモラには、魔力を持つ人間、つまりサラやベナの声しか感知できないからである。

しかし、その窓を揺らす風の音が合図にでもなったかのように、いままで沈黙を保っていたネモラが反応した。左手につけた伝達装置の腕環がぴかりと一度、輝く。何か伝えたいことがあるらしい。

サラはネモラの枕元に置いてあったメモ帳を手に取った。

ソノーレ語を一つ一つ読み上げ、ネモラの意思を言語に換えていく。

やがて、メモ帳に記されたのは、この言葉だった。

――死、ナ、セ、テ。

「…………」

もう幾度目にしたか分からない言葉。

これを前にすると、ベナは強く否定し、サラは黙りこむ。そして、ネモラの願いはかなわない。そんな、誰もが苦しむだけの日々。……耐えられない。その思いがサラの体の内を駆け巡る。だが、そう思うことさえ本当は許されないのだろうか。あの日、あの瞬間、ゴーレムに踏み潰されるネモラを助けることができなかった自分には……。

沈黙を続けていると、また、ネモラの腕環が光った。

サラはもう一度、ソノーレ語を読み上げ、ネモラの合図に従って、メモ帳に言葉を記した。

今度はこんな言葉だった。

——バーメット。

「！」

それはスズランにも似た、とある美しい夜光花《やこうか》の名だった。

しかし、見た目の美しさに反して、この花からは恐ろしい毒が採れる。生物をあっという間に死に至らしめる強力な毒だ。そして、魔術師にとってさらに重要なのは、この毒には絶対的な抗魔法の力が秘められていることだった。バーメットから作られた毒薬は、ありとあらゆる魔法の効果を解除する。その力はオーク樹の比ではない。おそらく、いまのネモラに使えば、肉体をなんとか維持している防腐魔法も、魂を体の内に封じている死霊術《ネクロマンシー》も、たちどころに消え失《う》せるだろう。そして、ネモラは死ぬ。今度こそ、確実に。

——ベナ、頼メナイ。

サラがなおも返答せずにいると、ネモラの腕環が再び瞬《またた》いた。

「…………」

——頼メルノ、サラ、アナタダケ。

その言葉を見た瞬間、サラは破れんばかりに自分の唇を噛《か》みしめた。

記憶は時として残酷だ。

サラの胸には、あの日、太陽のように明るく笑っていたネモラの姿がいまも焼きついている。しかし、いま、そのネモラを救うには、記憶の中にあるネモラの笑顔に背を向けなければならない。

——いや。

と、サラは心の中でかぶりを振った。

ネモラを救う？

それは多分違う。

きっと、救われたいのは自分自身だ。

あの日、ネモラを助けられず、シーノを亡くし、それでもなお続く、終わりのない暗褐《あんかっ》色《しょく》の日々。未来の展望も何もないその日々から、他でもない自分が救われたいと願っている。ひょっとすると、ネモラもそんなサラの気持ちを見抜いているのかもしれない。分かった上で、だからこそ、サラに頼んでいるのかもしれない。

これが誰にとっても最善の道だ、と。

風がおさまり、幽玄にさえ感じられる静寂が森の廃屋を包みこんでいた。

ネモラからの言葉はもうない。

長い沈黙を破って、サラは口を開いた。

「ごめんなさい……ありがとう……」

最初に謝ったのは、これまでのこと全てに対してだった。

あの日、ネモラを助けられなかったこと。その後も苦しめ続けたこと。そして……最後には自分が救われたくて、結局ネモラの蘇生をあきらめ、もう一度死なせてしまうこと。そんな全てに対しての謝罪。

二言目の「ありがとう」は、ネモラが自分の背中を押してくれたことに対してだった。おそらく、ネモラ自身が望まない限り、自分がこの決断をすることは決してできなかっただろう。

ネモラの腕環がまた、ぴかりぴかりと光っていた。

ソノーレ語を読み上げなくても、サラにはネモラが何を言っているか分かるような気がした。


何もかもサラ一人で行った。

シーノの作業部屋から持ち出したバーメット薬をネモラの体に使うのも、その後、ネモラの遺体を森の中で土葬するのも。

ネモラの左目には、花を添えた。これは死者と別れる時、魔術師が行う手《た》向《む》けの風習の一つだった。

全てを終えると、サラは森の廃屋に火を放った。

燃え盛る炎はまるで、自らを焼く火刑の炎のように見えた。

無論、翌日には全てがベナに露見した。

当然だろう。そもそもサラ本人に隠すつもりも、ごまかすつもりもなかったのだから。

「どうしてネモを殺したの!?　サラ！　ねえっ、ねえってば！」

殺した。

その言葉はサラの胸に深々と突き刺さった。

もちろん、ベナの言っていることは正しい。

ネモラは過去に一度死に、サラの手でもう一度殺された。サラもそれを否定するつもりなど毛頭ない。しかし、だからといって、自身の感情を完全に制御できるかというと、そんなことはない。

この手にはまだ残っている。

ネモラの体にバーメットの毒を染みこませた時の震えが。

あの感触が。

「サラ！」

「っ！」

何度も何度も名を呼ばれ、ついにサラも自分を抑えきれなくなった。

「私だって殺したくなかった！　ネモと一緒にいたかった！」

追いかけてくるベナの方を振り返って、サラは叫んだ。

場所は魔法学校の校舎内だったが、幸い、辺りに人影はなかった。とはいえ、仮に誰かいたとしても、サラが自制することが可能だったかどうか。そして、それはおそらくベナも同じだっただろう。

「でも、もう無理なのよ！　あの子はこれまで何度も『私を殺して』って言った。何度も……何度も！」

「だけど、肉体をあのまま保っていれば、私たちなら、いつかきっと！」

「ベナも読んだでしょ！　あの本――レッドの記述でも、肉体の損傷が激しい死者の蘇生は難しく、成功した例はないって。知識ある魔術師でさえそうなんだから、仮に蘇生できたとしても、それは何年後？　それまでネモはずっと暗闇の中で苦しみ続けるの!?」

「そんなのやってみなきゃ分からないでしょ！　それにほら、サラは学長も認める天才じゃない！　私も、サラならきっと」

「天才って言わないでっ‼」

もはやサラの声は悲鳴に近かった。

「みんな、私を『天才』の一言で突き放す！　私は――私がもし本当の天才だったら……」

ネモラを生き返らせることも可能だったかもしれない。

（そう……）

自分は天才などではないのだ。

ネモラが最初に死んでから今日まで、それを思い知らされる毎日だったような気もする。本物の天才なら、努力も何も必要としない神に愛された子なら、ネモラの死を背負うこともできただろう。だが、自分にはできない。その一言で全てを押しつけられても、過重な荷を背負わされたヒキガエルのように、醜く潰れていくだけ。

「待ってよ。そんなつもりじゃなかった」

思いもかけぬサラの剣幕にひるんだのか、ベナの語勢が少し弱まった。しかし、それでもベナは普段あまり直視しない、左目を失ったサラの顔をまっすぐ見て、

「でも……そ、そうだ。レッドの本！　あれにはバーメット薬の解毒法も書いてあったはずだ！　ねえ、サラ、きっとまだ戻れる。だから」

サラは右目を閉じて、そんなベナの姿を視界から消した。

そして、それまでの激しさから一転、抑揚を欠いた声音で、

「あの本は燃やしたわ」

「え……」

ベナの声だけが聞こえる。

サラはまぶたを開いて、ベナに背を向け、最後にこう告げた。

「死んだ人間は、ちゃんと死ぬべきなのよ」

interlude 3 ベナの告解

サラと言葉をかわしたのは、それが最後になった。

決別という表現はきっと正しい。

ただ、私はサラを憎んだり、恨んだりはしなかった。サラも私にとって大切な友人だったし、加えて、私とサラでは立場が全く異なると私は思っていた。サラは私と違い、ネモラを殺したあのゴーレムを不注意で起動させたりしていない。ネモラの死の原因を作ったのは私だが、サラはそれを阻止できなかっただけなのだ。もっと言えば、ネモラに対する友情も私とサラでは多分違う。ネモラは自分だけの世界に閉じこもっていた私を外の世界に連れ出してくれた光だった。この世でたった一人の、大事な人。サラにはそこまでの想《おも》いはあるまい。であれば、サラがネモラの蘇生《そせい》をあきらめてしまっても仕方ない。

だが、私はあきらめるわけにはいかなかった。

サラと話をした後、私はすぐに森へ向かった。サラはネモラを埋葬した場所を私に教えてくれなかったが、私はそこしかないと考えた。あの廃屋から比較的近く、葬儀もできないネモラの遺体を埋められる場所など、森以外にない。推測は正しかった。森を歩き回った私は、明らかに土の色が周囲と違っているその場所を見つけた。踏み固められていない柔らかい土。必死に掘り返すと、埋葬されたネモラの足が土の中から出てきた。

「ネモ！　ごめん、ごめんね！　私は……私だけは必ずあなたのことを助けてみせるからっ！」

泣きながらネモラを掘り出すと、私はすぐさま処置に取り掛かった。

サラは一つだけ私を甘く見ていた。

私には確かにサラのような大きな魔力はない。

だが、記憶力に関しては、決してサラに劣っていたわけではなかった。しかも、ネモラがああなって以降、私はあのレッドの本を何度も何度も読んだ。中身に関しては、ほとんど暗唱できるレベルで頭に叩《たた》きこんであった。

私はまず解毒剤を調合し、ネモラの体からバーメット薬の効果を取り除いた。

そこから先は以前の作業の繰り返しだった。肉体の防腐処理と、魂の位相固定化《いそうこていか》。幸運にも、ネモラの魂はまだ遺体から完全に離れてはいなかった。あの廃屋はサラの手で焼かれたので、別に作業できる場所も確保しなければならなかった。もちろん、それら全ての作業を完了しても、まだ終わりではない。ネモラの肉体の再生にはなお、長い時間と既存の常識を凌駕《りょうが》する多くの探究が必要だった。明日の見えない試行錯誤を繰り返す日々。ささやかな成果が得られることさえ、ごく稀《まれ》で、それを思うたびに、自分の無力さに絶望しそうになる。

だが、それでも私はやり抜いた。

誰にも真似《まね》できない、あの天才サラにもない鋼の意志をもって、全てをやり抜いてみせたのだ！


二十五年の月日が流れた。

私は魔法学校を卒業し、ハルハリーリの街で魔術の家庭教師をするかたわら、森の中に建てた作業小屋で、ネモラの蘇生を目指す毎日を過ごしていた。

四十路を越えた私は、他の魔術師がそうであるように、外見だけは非術師の二十代後半くらいの容姿を維持していた。ただ、手と爪だけは別だった。長年、多くの薬品を扱い続けたせいか、手や爪の一部が変色している。もちろん、どうでもいいことだった。私の一生はネモラのために使う。あの日、そう心に決めたのだから。大体、爪など塗ればいくらでもごまかせる。

ネモラの肉体の再生は、ほぼ満足のいくレベルで完遂していた。

作業小屋の、密閉された特殊なカプセルベッドの中に安置したその体。

肌の下にある肉も内臓も、いまなら生きている人間と同じようにちゃんと機能する。

青白い光に包まれたカプセルベッドの中で、ネモラは目を開いたまま、天井を見上げていた。

ガラス越しにその姿を見て、私は思った。

（あの時、サラが下した決断はやはり間違いだった）

死んだ人間はちゃんと死ぬべき？

そんな無慈悲な言葉、たとえば、愛する我が子を失った両親に向けて言えるだろうか。

もちろん、ほとんどの人は大切な誰かの死をあきらめて受け入れるしかない。しかし、私たちにはこうして死に抗《あらが》う術《すべ》がある。いや、あった。

手段があっても試さないのは怠慢であり、大切な人への裏切りだと私は思う。

ただ、それはそれとして、問題はこの先だった。

ネモラの肉体の再生は完了した。

となると、最後の段階として、魂と肉体を繋《つな》ぐ鎖《くさり》を用意する必要がある。砂時計にも似た形を持つ鎖。いま、私の胸の上にもある。魔力をこめた目で「視《み》」れば、ちゃんと見える。だが、同じ目で「視」ると、ネモラの胸の上にあるそれは、砂時計の砂をためていた容器部分が粉々に割れ、完全に破壊されていた。

方法は二つだ。

他の誰かの鎖を奪い、ネモラの新たな鎖とするか。

あるいは、誰かの鎖を共有するか。

後者はほぼ不可能な選択肢だった。古の魔術師レッドの記述が残された本。あれには、一つの鎖を複数の人間で共有する魔法が確かに記されていた。が、私の記憶だと、あの魔法はその構造の複雑さもさることながら、使用のために必要とする魔力が大きすぎた。あるいは、サラなら可能だったかもしれない。けれど、私の魔力では荷が重い。使った瞬間、私が一生魔法を扱えない体、つまりロストになるのは確実だろう。それで魔法そのものが成功してネモラが生き返るのならいいが、失敗した場合、全ての希望が失われてしまう。

「やはり、誰かから鎖を奪うしかないか……」

カプセル内のネモラを見つめながら、私はつぶやいた。

と、その時だった。

「ん？」

不意に、私が見守る前で、ネモラに異変が起きた。死者ではなく、生者のそれのように開いたネモラの目。それがかすかに潤《うる》んだ。涙、ではない。現在のネモラは、まだそんな感情を表現できる状態にはない。肉体の機能だけは回復しているから、浴びた光に対して体が機械的に反応して、そんな現象が起きたのだろう。

それでも、象徴的なことのように私には思えた。

いまの私は、ネモラと明確な意思疎通ができない。以前サラが用意してくれた魔力信号伝達装置は、あの廃屋が燃やされた日、サラの手で一緒に破壊され、私は代わるものを開発できなかった。しかし、そんな私に向かって、ネモラは訴えているようにも見える。

早くここから救い出して、と。

（やはり鎖が必要だ）

私は改めて強くそう思った。

もちろん、他の誰かから鎖を奪うことの意味を私は知っている。

それはつまり。

誰かを殺す……ということだ。

三章　自由という名の子

1

　魔女と共に生きる街ウルガルズには、その異名にふさわしく、古代の魔術師たちの遺物《いぶつ》としか思えないものが数多く存在する。最大のものは当然、あのユシルの大樹だろう。だが、不可思議な存在はユシルの大樹ばかりではない。

　その代表格が街の南東部、空を漂う浮島《うきしま》だった。

　ユシルの大樹のてっぺんよりもはるか上に浮かんでいる島。

　周囲の青空が海であるかのように悠然と浮遊するその島は、当たり前だが、街の魔術師嫌いの非術師《ひじゅつし》たちからは好意的に見られていない。好意的どころか、彼らの多くは手段さえあれば、とっくの昔に島を地上へ撃ち落としていただろう。可能な方法を思いつかなかったから放置していただけである。その一方で、魔法や魔術師に好意的な一部の人たちからは、これもユシルの大樹と同じく敬意を払われている。

島は一昔前まで無人だったが、ある時、ここに一人の人間が住みついた。

女性である。

この女性は薬学と医学に詳しいらしく、島に薬局を開いた。ウルガルズの街外れに設置された特別なポストに、街の人間が依頼の手紙と依頼金を入れると、どこからともなく一羽のフクロウが現れ、手紙と金を運んでいく。数日もすれば、依頼人のところへまたフクロウが現れ、薬を届けてくれるという寸法だ。いや、薬ばかりではない。島の女性は依頼人の症状が重いようであれば、自ら出向いて治療を施すこともあった。しかも、料金は街の医者よりずっと安い。最近では貧民街の住人の多くがこの女性を頼っている。もっとも、街の人間は空に浮かぶ島に行く術《すべ》を持たないので、女性の薬局がどこにあるかは知らない。

いま、ウルガルズで彼女の治療を受けた経験のある者は、場所の分からないその薬局のことをこう呼んでいる。

サラの見えない薬屋、と。

雨が街を重く濡《ぬ》らしている夜だった。

夕方から続く、気の滅入る雨音は一向に途切れる気配がない。道のあちこちに水たまりができている。

こんな夜である。

裏通りに人や動物の影はほとんどなかった。唯一、汚れたゴミ箱の陰で、痩せたブチ猫が雨をしのいでいるくらいか。

「……ふう」

通りの片隅で傘を開くと、サラは小さく息をついた。そうして、空いている方の左手で、少し濡れた髪をいじった。

この癖だけは、何十年経《た》っても変わらなかった。患者となった街の子どもに「先生は髪がかゆいの？」と笑われたこともある。今日はその子に五度目の往診を行った。難しい慢性病だったが、やっと完治の目途がついた。あとは定期的に薬を処方するだけで大丈夫だろう。

昔はともかく、現在はこのウルガルズでも有数の薬師となったサラだった。もちろんハルハリーリの魔術師のルールに従い、自分が魔法を使える魔術師であることは、普段、街では伏せている。その一方で今日のように医者の真似事《まねごと》をすることもある。豊富な薬学と人体に関する知識。それらの土台が数十年前、一人の友人を生き返らせようとして学んだことにあるのは誰も知らない。

街を渡る夜気は冷たかったが、暦はもう春の半ばを過ぎていた。

雨が降り続く裏通りで、サラはうんと軽く伸びをし、そうしてから「さて、どうしたものか」と考えた。

今日はもう薬師の仕事は仕舞《しま》いだった。

このまま自分の家がある浮島に帰ってもいいのだが、少々腹《はら》が空《す》いている。ただ、この辺りにある店は客層が良くなかった。大抵の者は、サラのさりげなく前髪で隠した左目に気づくと近づいてこないが、そうでない人間も中にはいる。無論、酔漢《すいかん》の一人や二人、追い払うことなどサラには造作もなかったが、今日はそもそも相手をすること自体わずらわしかった。

(表通りまで歩こうか)

と、サラは思った。

少し距離があるが、そこまで行けば、マナーという言葉を知っている店もある。

傘の端から雨が降り続ける夜空を仰ぎ見た後で、サラは裏通りを歩き出した。

街はしんとした気配に包まれていた。

雨は別に好きではないが、喧騒《けんそう》の消え失《う》せた静かな通りを歩くのは悪くない。

途中、角を曲がって、さらに汚れた裏道に入った。表通りに出るにはこっちの方が近道なのである。道端に転がっているゴミから発せられる腐臭は気にしない。

だが、そうやってサラが道を少し進んだ時のことだった。

「……！」

薄暗い裏道の前方で、二つの黒い影が揉《も》み合っていた。

いや、あれは揉み合っているとは言えないか。

影の一つはひどく小さい。子どものようだ。その子どもの肩を摑《つか》んで、もう一つの、こちらはサラと大差ない身長の影が相手を近くの壁に押しつけている。子どもの方は抵抗していない。

サラは眉をひそめた。

大人と子ども。この辺りの貧民街に住む親子だろうか。子どものしつけにしては乱暴なやり方だ。殴る蹴るといった暴力行為には至っていないにしても。

子どもの肩を摑んだ人影は、傘をさしていなかった。代わりなのか、この季節だというのにコートを羽織り、頭にはフードをかぶっている。辺りが暗いせいもあって、フードで隠れた顔はほとんど確認できなかった。

その風体のあやしさに、サラがますます不審を覚えていると、不意に妙なものが見えた。

壁に押しつけられた子どもと、フードをかぶった影。

二人の体の間で、ぴかりと何かが青く光った。

鬼火にも似た、不気味な光だった。

そして、直後、子どもから影が手を離した。同時に、ずるずると子どもが壁を背に崩れ落ちる。全身から力が抜けたような倒れ方だった。

さすがにサラは顔色を変えた。

あれは危険な倒れ方だ。医者としての知識を持ち合わせたサラには分かる。まさか、殺したのか？　あんな小さな子を？

「ちょっと！　何してるの！」

半ば反射的にサラは声をあげた。

ハッとしたように、フードをかぶった影がこちらを振り返った。

だが、その瞬間だ。

近くの家に明かりが灯《とも》った。

帰宅した住人が点《つ》けたのだろうか。窓からこぼれた光が裏道にも落ちる。

その光がサラの前方にいた人影に降り注ぎ、フードで隠れていたその顔をわずかに照らした。

「っ!?」

あまりのことに愕然《がくぜん》として、サラはその場で棒立ちになってしまった。

フードの下にあったその顔。

頼りない明かりの下にあっても、はっきりとサラの右目には見えた。そして、どれだけ長い時間を経《へ》ても、他の誰かと見間違うことはない。

それはベナの顔をしていた。

自失の時間はそう長く続かなかった。

先に動いたのは相手の方だった。

フードを深くかぶり直すと、素早く身を翻《ひるがえ》し、その人物は裏道をサラがいる方とは逆へ走り出したのである。

「あ……」

呼び止める間もなかった。

立ち尽くすサラの前で、コートを羽織った後ろ姿は道の先、角を曲がって消えた。

あとにはサラと、地面に倒れた子どもだけが残された。ハッと我に返り、サラは子どものところへ駆け寄った。

男の子のようだった。

貧民街の子だろうか。背丈に合わない、ぶかぶかのシャツを着ていて、そのシャツもひどく汚れている。汚れはたったいま付着したものではないようだ。きっと、元からシャツが染みだらけだったのだろう。顔に大きな傷跡があったが、これはかなり古いものだった。見た目だけで判断するわけにはいかないが、それでも裕福な家庭で暮らしている子には見えない。

倒れたまま動かない男の子の首に手を伸ばそうとして、サラはやめた。

脈をとるまでもなかった。

魔力をこめたサラの目には鮮明に「視《み》」える。

男の子の胸の上に本来あるはずのものがない。

砂時計の形によく似た鎖《くさり》。

その砂時計の枠の部分だけは残っていたが、砂をためていたガラスの器めいた容器がそっくり失われていた。実のところ、鎖の要とも言うべき本体はそこである。人の一生という名の、時の砂をためている容器。もちろん、普通の死体ならありえないことだった。

人間が死ぬと、魂と肉体を繋《つな》ぐ鎖は壊れる。そう、あくまでも壊れるのであって、消え失《う》せるわけではない。大抵の場合、息を引き取ったばかりの死体の胸には壊れた鎖が残されている。しかし、この子の胸にはそれがない。

事情を知らない者であれば、理解に苦しんだかもしれない。

だが、サラはそうではなかった。そして、理解できたからこそ、心底ぞっとした。

「ベナ……まさか、あなた、まだネモのことを……」

かつて、自分とベナとネモラの間であったこと。

もちろん、サラの記憶に刻まれたままになっている。逃れられない、罪の傷跡として。

そして、目の前で起きた出来事は、間違いなくその記憶の延長線上にあった。

――ベナは未《いま》だにネモラの蘇生《そせい》をあきらめていない。

推測できる事実はそれだった。

あの日、サラは確かに森の中にネモラの遺体を埋めた。ベナにもその場所は教えなかった。だが、どうやってか、ベナはその場所を突き止め、ネモラの遺体を掘り返したのだろう。そして、サラが使ったバーメットの毒も消し、遺体を保全した。以来、ずっとネモラの蘇生作業を続けている。でなければ、ベナがこんなことをする理由がない。他者の鎖を奪う。ネモラの破壊された鎖の代用にする以外、何に使うというのか。

「…………」

記憶が頭の中を駆け巡り、同時に後悔がサラの胸を襲った。

ベナはたったいま、この男の子を殺した。

だが、サラが知るベナは、本来そんなことができる少女ではなかった。内気で動物好きな、心優しい子。それがネモラの死から変わってしまった。もちろん、そのこと自体はどうしようもない。サラもまた、ネモラの死を経験したことで変わったのだから。

ただ、ベナが変わったにせよ、こんな暴走をする前に止められる機会がサラにはあったはずだった。というより、それはサラにしかできなかったことだった。ネモラをもう一度死なせたことをベナに知られた時、もっときちんと話し合っていれば、いや、それ以前から変わっていくベナとちゃんと向き合っていれば。

「ベナ……」

サラはベナが去っていった道の先を振り返った。

ネモラの肉体と魂は、いまもベナの手の中にあるのだろう。

おそらくベナは隠れた場所で作業を行っているだろうし、その場所をサラには決して教えない。ネモラの魂は未だ暗闇に閉じこめられたままでいる。かつてサラのしたことは全て無駄だったということだ。いや、それとも間違いだったのか？　ベナが鎖を欲するということは、いまネモラの肉体は、鎖を使うのを試してもいいくらいには回復させられたということなのだろうから。

いずれにしても、ネモラに関しては、もうサラの手の届くことではなかった。二十五年前、サラ自身が手を離した。そして、ベナはもう絶対にネモラをサラに渡さない。

ただ、一方で、いまのサラが手を伸ばせることもあるにはあった。

「この子……」

ベナの走り去った方角を見てから、サラは改めて目の前で倒れている男の子に目をやった。

自分たちの因縁に巻きこまれて殺されたも同然の子。

責任がベナにだけあるとは、サラには到底思えなかった。ベナを止められなかった自分にも責はある。それと、もう一つ。

(ベナが生きている子どもから鎖を奪ったのは、これが初めてなんだろうか?)

サラからすれば想像したくないことだったが、可能性は十二分にあった。そして、もし初めてでないなら、いまさら何をしたところでベナは殺人者だ。かつてネモラを殺した自分と同じく。

しかし、これが初めての行為なら、ベナが人を殺した事実だけは消せないが、その結果を無に帰す方法はあった。もちろん、だからといって道義的な罪が消えるわけではない。が、それでもサラは、ベナが法的に殺人犯となり、ウルガルズの官憲から追われるような姿だけは見たくなかった。自分自身の後悔がその想《おも》いを抱かせたとも言える。ベナが道を違えるのを止められなかった、過去の自分に対する後悔。

そして、そのことに気づいた時、サラは思わず自嘲《じちょう》気味につぶやいた。

「なんだ……結局、昔と同じか」

人間というものは、そう簡単に成長などしないのだろう。

後悔が原動力となり、自分を動かす。それは、ネモラの死後、その死に責任を感じて、必死で蘇生を目指していた頃の自分と何も変わらない。あれから二十五年、また同じことを繰り返す。愚かだとも思うが、人はその愚かさの積み重ねによって、自己を作りあげていく生き物なのかもしれない。

なんにせよ、サラには他の選択は考えられなかった。

ぴくりとも動かない男の子の前で、サラは腰をかがめた。

「身体の損傷は……大丈夫ね。脳もまだ壊死してない。心臓もいまなら軽いショックを与えれば、もう一度、動き出せる状態にある。なら、成功の確率は大幅に上がる」

周囲に人がいないのを確認してから、サラは自分の胸の前に左手を持ってきた。そして、古代ソノーレ語で呪文の詠唱に入った。

「――ブルカ、サキラス、エルヴェ、レキシンタル――」

一言の呪文で効果が発動するような魔法ではなかった。

そんな簡単な魔術構造ではない。

複数の呪文を組み合わせ、一言一言、呪文の魔法効果を相乗し、神秘とも言える生命の真理へ手を伸ばす。かつてのサラであれば不可能な魔法だった。あるいは、必要とされる魔力量は足りていたかもしれない。しかし、技術がまったく足りていなかった。難解なパズルのような呪文の構成を、ひとかけらのミスもなく組み上げる。可能になったのは、この数十年の経験があればこそだ。

「――トラディ」

いつしか、胸の前に持ってきたサラの左手の上で、それがルビーを思わせる赤い輝きを強く放っていた。

肉体と魂を繋ぐ鎖。

サラ自身の鎖だ。

その鎖が輝きを増すのと同時に、今度は同じ光が別のところにも宿った。

死んだ男の子の胸の上で、本体である容器部分を失い、空っぽになっていた鎖。

鎖の共有――。

亡くなった人間をこの世界で生き返らせる方法の中で、唯一、他者の命を奪わずにすむ方法である。一つの鎖を二人の人間が共有することで、両者を生かす。無論、魔法に失敗すれば、相手だけでなく、鎖を共有した側も一緒に死ぬ。はるか昔、サラ自身も極めて難しいと認めていた手段だった。しかし、あの頃とは違う。加えて、この男の子はかつてのネモラと違い、体の内部に深刻な損傷はなかった。死んだのは鎖をベナの手で強引に奪われたせいだ。ひとたび鎖が回復すれば、魂が肉体との繋がりを拒絶することはおそらくない。

「――デュプリカテオ！」

最後の呪文をサラが唱えた瞬間、二人の鎖は目もくらむばかりの輝きを放った。

そして、輝きが弱まった後、男の子の胸の鎖には、サラのそれとまったく同じ色と形をした容器が宿っていた。

2

（大人には逆らっちゃいけない）

それが、少年の生きる術《すべ》だった。

少年は四歳の頃、母親を亡くした。

父親は最初からいない。そして、いま一緒に暮らしている男は父親ではない。母の再婚相手だ。

だから、絶対に逆らってはいけない。

そのことを少年が思い知らされたのは、初めて男に口ごたえをして、真《ま》っ赤《か》に焼けた火かき棒を顔に押し当てられた時だった。少年は泣き叫んで、のたうち回り、高熱を発して一週間ほど寝こんだ。男はその間、もちろん少年の介抱など一切しなかった。

「これで死んでくれたら、せいせいするしな」

そう笑って、酒を飲んでいた。

その時に悟ったのだ。

大人に逆らえば、自分のちっぽけな命などあっという間に消し飛ばされる、と。

以来、少年は全てに対して従順になった。

今晩もそうだった。

出先で腹の立つことでもあったのか、機嫌の悪かった男は家に帰ってくると、いつものように少年を殴った。もちろん、少年はされるがままになっていた。少しでも抵抗するそぶりを見せれば、男はよりいっそう兇暴《きょうぼう》になって、少年を痛めつける。そのことを少年は誰よりも理解していた。

「穀潰《ごくつぶ》しが。そのムカつく顔を二度と俺に見せるんじゃねえっ！」

怒鳴られ、雨の降り続く外に叩《たた》き出された時も、少年は泣き声すらあげなかった。男が子どもの泣き声を嫌うのを知っていたからだ。

夜の冷たい雨は、傷ついた少年の体にしみた。

しばらくは家に帰れない。

男の気分が変わる頃を見計らって戻るしかない。決して機嫌を損《そこ》ねないよう、そっと足音を殺して。これもいつものことだった。

しかし、その夜は少し普段と違うことが起こった。

雨宿りできる場所を探して、少年が暗い裏道をとぼとぼと歩いていた時だった。不意に見知らぬ相手から声をかけられた。

「君、家族は？　おうちはどこ？」

黙ってかぶりを振ってみせると、相手はいきなり少年の肩を摑んできた。分厚いフードコートを羽織った、少なくとも少年より大きな影。

（大人だ……）

そう思った瞬間、少年は相手の力に抵抗するのをやめた。

何をされるのかは分からない。でも、とにかくじっと我慢する。そうすれば、痛みや苦しみは少しだけ減る。少年はそうやってこれまで生きてきた。そして、おそらくこれからも。

相手の手が、少年の胸に伸びる。

その瞬間、なぜか強烈な眠気が少年を襲った。

意識はあっという間に闇に落ちていき、全身から力という力が抜け、そして——。


まぶたを開くと、目の前にまた知らない人が立っていた。

傘をさした女性だった。ただ、着ている服はスカートではなく、男の人が穿《は》くような、少しゆったりとしたズボンだ。よく見ると、長い前髪の下にほとんど隠れた左目が固く閉じている。まさかウインクしているわけではないだろう。元々そういう目なのだろうか。

いずれにしても、相手は今度も大人だった。

ならば、少年は言うことを聞かなければならない。

「こんなところで寝ちゃったの？　風邪ひくよ」

女性はそう言って、右手で持っていた自分の傘を少年の頭の上に傾けると、笑いかけてきた。柔らかい笑顔だった。

「お父さんとお母さんは？」

たずねられて、少年はぽつぽつと答えた。

「……お父さんもお母さんも、いない……」

「おうちは？　どこ？」

言うことを聞かなければいけなかったが、この質問に対しては、少年は答えるのをためらった。

家に連れていかれるのだろうか？

けれど、いま帰ると、あの男はまたひどく怒るだろう。他人に自分の家のことで干渉されるのを男は嫌がる。

(俺に恥をかかせやがって！)

鬼の形相で怒鳴る男の顔が少年の頭にはっきりと浮かんだ。今晩の機嫌の悪さからいって、殴る蹴るくらいでは済まないかもしれない。

少年が黙りこんでいると、傘をさした女性は、空いている左手の指を自分の髪にからませた。少し変わった仕草で、何故かそれは少年の目に焼きついた。

「…………」

無論、少年に語りかけてきた女性はサラである。

自分の問いに答えられずにうつむいた少年を見て、サラは「やっぱり貧民街の子か」と思った。

いわゆるストリートチルドレンというやつだろう。この辺りでは珍しくない。

「ここは雨があたるから。とりあえず、濡れないところに行こっか」

言いながら、サラは少年の肩を軽く掴んだ。

その途端、少年がびくっと体を震わせた。単に驚いたという仕草ではない。明らかに、サラのしたことが少年に苦痛を与えた様子だった。すぐにサラは気づき、「ちょっとごめんね」と断ってから、少年の服を慎重にまくった。

はたして、目を背けたくなるような青痣《あおあざ》がそこにあった。

しかも一ヶ所ではない。よく見れば、首筋や顎《あご》の辺りにも誰かに強く叩かれたような痕《あと》がある。

ベナのやったことではなかった。

ベナにはそんなことをする理由がない。

サラに服をまくられても、少年は何も言わず、じっとしていた。さっきサラに肩を摑まれた時も痛かったはずなのに、泣き声一つあげなかった。そして、この年頃の子に着せるものではない、染みだらけのぶかぶかの服。大人が汚れに汚れた服を処分代わりに投げ与えたようにしか見えなかった。それを見て、サラも大体の事情を察した。

(虐待か……)

それもかなりひどい。

父親も母親もいないと言うのだから、この子にこんなことをしたのは、おそらく現在の庇護者《ひご》だろう。この子の縁者か、孤児院の人間か、あるいはまったくの赤の他人か。いずれにせよ、子どもが自分の痛みを訴えないというのは、その子が普段から完全に抑圧されていることを意味する。泣くと、さらに怒られ、暴力をふるわれ、痛い思いをする。そのことをこの子は知っているのだ。

少年の境遇に痛ましさを覚える一方で、サラは「困ったことになった」とも思っていた。

サラとしては、ベナに殺されたこの少年の蘇生に成功した時点で、あとは少年を家に送り届けて、それっきりにするつもりだった。自分は道端でついつい眠りこけてしまった少年を発見した、ただの通行人。そして、家に帰ったこの子も明日から元通りの生活を送る。

それで終わり。

だが、目の前にいる少年の様子は、サラの胸に義憤や同情心を抱かせると同時に、不安をも与えた。

この少年とサラはすでに魂と肉体を繋ぐ鎖を共有しているのである。

言い換えると、サラが死ねば、鎖は壊れ、その影響で少年も死ぬし、少年が死ねば、やはり鎖は壊れ、サラも死ぬ。これほどひどい虐待を受けている子をそのまま家に帰して、この先も無事でいられるだろうか。実際、サラは親に捨てられ、ぼろ雑巾のようになって発見された子どもの遺体を、貧民街で見たことがある……。

まくっていた少年の服を元に戻すと、サラは改めて少年の顔に目をやった。

少年の方はうつむいている。

「ねえ、君」

と、サラはそんな少年にまた声をかけた。

「もし、帰るところがないのなら、私のうちに来る?」

これには少年の顔が上がった。

大きな目がぱちぱちとまばたきする。

サラは苦笑した。

「あー、いきなりそんなこと言われても困っちゃうよね。うん。まあ、君が他に行きたいところがなさそうに見えたから――。それなら、君さえ良ければ、うちは結構広いし、あったかい寝床くらい貸してあげられるよって。まあ、それだけの話」

ほとんど人攫《ひとさら》いの台詞《せりふ》だな、と、サラは少年には聞かれない胸の内でつぶやいた。いや、ほとんどではなく完全に事実か。他の情がないわけではないが、この少年を連れて行こうとしているのは、自分自身の都合も無論ある。善人面《づら》をして、まったく大した悪党だ。

「どう？　帰るおうちがないのなら、しばらく私の家で暮らしてみない？」

再度たずねられても、少年はすぐには反応しなかった。

しとしとと降り続いている雨。

無言の時間が雨音と共に過ぎる。

しばらくして、こっくりと少年の頭が縦に振られた。

「よし、決まり」

開いた傘を少年に手渡し、サラはその場にしゃがみこんだ。戸惑う少年を半ば無理やりおんぶして、傘は少年に持たせたままにする。少年は靴も履いていなかった。そのまま道を歩かせたら怪我《けが》をさせてしまう。

「じゃ、行こっか」

ひとまず――とサラは考えていた。

いまはこの子をうちに連れて帰ろう。

そして、明日以降、街でこの子の家庭環境を調べてみる。先のことはそれが分かった上で改めて判断する。

それしかないだろう。


誰かの背に負われるなど、少年にとっては初めての経験だった。

母は亡くなるしばらく前から体を壊し、少年を抱きあげる体力を失っていたし、それ以前のことは記憶があいまいで覚えていない。もちろん、あの男は少年をおんぶしたことなど一度もない。

最初は体を寄せるのも怖かったが、女性から「それじゃかえって危ない」と注意され、少年はおそるおそる自分の体重を女性に預けた。

雨は相変わらず降り続き、少年の持った傘を叩いている。

身を寄せた女性の背中は温かかった。こんな時でなければ、少年は心地よさのあまり眠っていたかもしれない。

「私はサラ。この辺りに住む人たち相手に、薬屋をやってるの。君の名前は？　何歳？」

「……ハル。六歳」

少年こと、ハルが質問に答えると、サラと名乗った女性は「お」と少し驚いたような声をあげた。もちろん少年は知らない。少年の名は、別の言語だと「自由」という意味を持っていることを。自由とは程遠い生活を送ってきた少年にとってはある意味、皮肉な話でもあったが。

やがて、ハルを背負ったサラの足が止まった。

そこは何もない場所だった。周囲は明かりこそぽつぽつ灯っているが、半ば廃墟《はいきょ》めいた家々が立ち並んでいる。

正面に石で組まれた大きな壁があった。壁の少し手前には、幾重にも重なったツタが垂れ下がっていて、壁の一部を隠していた。

一度、立ち止まったサラが再びその壁に向かって歩き出した。

「あそこが入口。君にも『視』えるようにしたから、もう大丈夫。ちゃんと通れるよ」

ハルにはサラのその言葉が半分も理解できなかった。視える？　大体、入口って何なのか。あれはただの壁ではないか。

目の前に壁が迫ってもサラは止まらない。そのまま突っこんでいく。あわててハルは目をつぶった。サラと一緒に、自分も壁に衝突する。そう思ったからだ。

しかし、それらしい衝撃は一向に襲ってこなかった。

代わって、澄んだ風がハルの頬を撫《な》でた。

「え……」

いつの間にか、傘を叩いていた雨音が消えていた。

おそるおそるハルは閉じていたまぶたを開いた。そして、今度こそ驚きに目を見張った。

かぐわしい花の香りが、ハルの鼻をくすぐった。それは辺り一面に咲き誇るフジの花が発しているものだった。何より頭上、ついさっきまで雨雲が広がっていたはずの夜空に、無数の星が瞬《またた》いている。

フジの花に囲まれた道の先に、広い庭と、大小の木々に囲まれた一軒の家があった。

その家の玄関までたどりつくと、サラはやっとハルを背中から下ろした。

「さあ、ここが今日からハルの暮らす家よ」

そう言って、サラが玄関の扉を開けた途端、ぱっと家の中で明かりが灯った。反射的にハルはビクッと肩を震わせた。それに気づいたのか、サラは笑って、

「そういう仕掛けなだけ。すぐに慣れるから。——さて、そんなことより」

言いながら家の中に入ったサラは、しげしげと自分自身とハルの姿を交互に見比べた。

なぜかここでは雨が降っていないが、それはそれとして、サラに会う前に街を一人で歩いていたハルは、ずぶ濡れな上、足も泥だらけである。サラにしてもそのハルをおぶってきたのだから、服がすっかり水を吸ってしまっている。

「まずはお風呂であったまって……と言いたいところだけど、いまのハルをゆっくり湯船に浸けるわけにはいかないか」

ハルの体のあちこちには、あの男に殴られた痣が残っていた。

「打ち身にお風呂は良くないの。ただ、やっぱりちょっと体が冷えすぎてるからね。患部を温めすぎないように、さっと入るしかないかな」

ハルはぼんやりとその言葉を聞いていることしかできなかった。

てきぱきとした手で服を脱がされ、風呂に入れられた。

その後は怪我の手当てもしてもらった。

実のところ、これもおんぶと同じで、ハルにとっては初めてのことだった。ハルにとって、怪我は放置して治すもので、体はどんなに寒い冬でも川の水で洗うものだった。あの男はそういうふうにしかハルを扱わなかった。

「お腹《なか》減ったでしょ？　というか、私が減ってるんだけどね」

そのハルと一緒に入浴したサラは、風呂から上がってハルの手当てを終えると、そのままキッチンに立った。

サラから与えられたシャツを着たハルは、リビングの椅子にちょこんと座らされていた。

シャツはどうやらサラ自身のものらしかった。ハルにとってはさっきまで着ていた染みだらけの服と同じで大きい。違うのは、こちらは清潔だったこと。

しばらく待っていると、キッチンの方から、ぺこぺこのお腹を刺激するいい匂いが漂ってきた。

「ん、完成っと」

リビングに顔を出したサラが、湯気を上げる皿を二つ、テーブルの上に並べた。

ごろごろとしたジャガイモと、程よく煮込まれた鶏肉がいかにも食欲をそそる、クリームシチュー。

一度キッチンに戻ったサラが今度は黒パンの入ったバスケットを持ってきた。そして、温かい紅茶を注いだ二つのカップ。

「ハルはスプーン使える？　平気そうね。はい、じゃ、いただきます」

挨拶をしてから、まず先にサラがスプーンですくったシチューを自分の唇に運んだ。スプーンに口をつけてから、正面に座ったハルを見て、にこりと微笑《ほほえ》む。「大丈夫だから、ほら、食べてみて」とでもいうように。

戸惑っていたハルも、その笑顔に背中を押されて、手にしたスプーンをシチューの中に突っこんだ。

すくって、口に含む。

鶏肉の旨《うま》みが溶けこんだ、甘く芳醇《ほうじゅん》なシチューの味わい。何より温かい。ただ、同時にハルの頬の裏に鈍い痛みが走った。あの男に殴られて切った口の中の傷に、シチューが触れてしまったのだ。痛みに思わずハルは涙する。

……いいや。

それは嘘《うそ》だ。

ハルは体の痛みでは泣かない。いまも顔に残る大きな傷跡。焼けた火かき棒でつけられたその傷が、そんなことをしても無意味どころか、むしろ危険だと告げている。だから、体が痛くてもハルはもう泣かない。

それでも涙があふれたのは、体とは別のところが痛かったからだった。

心の奥、ずっとずっと蓋をしていた、大切な何か。

その何かがうずいた。

そして、かちこちに凍っていたその何かを、温かさが溶かしてくれた。この家に来る時に感じたサラの背中の温かさ。さっき入れてもらったお風呂の温かさ。たったいま食べたシチューの温かさ。

そんなたくさんのぬくもりが、切ないほどの痛みを伴ってハルの小さな胸いっぱいに広がった。こらえようとしてもこらえきれない嗚咽《おえつ》が喉の奥から漏れてしまう。

「う……あ……ああ」

大きな声をあげると、怒られてしまうかもしれない。

また叩かれるかもしれない。

それが分かっていても、ハルは泣くのをやめられなかった。

「うわああああああっ……！」

突然泣き出したハルの姿を見て、さすがに驚いたのか、正面でサラが目を見張っていた。

二人だけのリビングに、ハルの大きな泣き声だけが響き続ける。

やがて、ハルの泣き声の勢いが少し弱まってくると、サラが柔らかな口調でこう言った。

「食べたら、一緒に外に出よう。いいものを見せてあげる」

「ううっ……うぅ……いい、もの……？」

「そう。とっても楽しいもの」

言って、サラはまた笑ってみせた。


空にはあいかわらず宝玉を砕いてちりばめたような星々が輝いていた。

家の庭にハルを連れ出すと、サラはその星空を見上げてから、自分の胸の前で両の手のひらを上下に合わせた。そして、つぶやくようにその言葉を唇から発する。

「――パピリホ」

瞬間、重ね合わせたサラの手が光った。

白く、清浄な光。重ねた両手をサラが開くと、その内から、光が無数のそれとなって飛び立った。

蝶《ちょう》だ。

光の蝶。

輝く羽をぱたぱたと振り、庭いっぱいに、いや、空いっぱいにたくさんの蝶が舞う。

「……！」

これにはハルも目を見開いた。

まるでおとぎの国の世界のようだった。光の蝶たちの動きは現実の蝶とまったく変わらない。それでいて、人のことを恐れもしない。一緒に遊ぼうよとでも言わんばかりに、ハルの腕にとまったかと思うと、また、夜空に飛び立っていく。乱舞するその中にいると、自分にも羽が生えて空を飛んでいるような錯覚さえ芽生える。

「ハル・フィリーシア！」

不意に、サラがまた唇を開き、聞き慣れない言葉を口にした。

蝶を見ていたハルがいぶかしげにそちらに目をやると、サラは笑顔で説明してくれた。

「自由にあれ、って意味よ」

「自由……？」

「そう。私、魔女なの。でも、私が魔女なのはハルと私だけの秘密。誰にも言っちゃダメよ」

そういうものなのかと思い、ハルはサラの言葉にうなずいた。ただ、一方でハルはサラの言葉の深いところまでは理解していない。

普通、魔術師は魔力を持たない人間、つまり非術師の前で魔法を使わない。ほとんどの魔術師はそういう教育を受けて育っている。

ただ、それでもあえて、魔術師が非術師の前で魔法を使うことがあった。

それは相手に覚悟を示し、信用を示したいと考えた時だ。自分が魔術師であることをあなたに知られても構わない。なぜなら、私はあなたを信じているし、あなたも私を信じてくれると思っているから——そんな覚悟をこめた告白。もちろん、この場合のサラの告白は、ハルの年齢といまの状況を考えれば、そこまで重いものでもなかったが。

「気に入った？」

「うん」

サラの問いかけにもう一度うなずいたハルは、こちらも初めて笑顔になって、蝶を追い、走り出した。

光の蝶たちもまたハルを拒むようなことはせず、戯れるようにその周囲を舞う。

ずっとずっと、ハルはそんな蝶を追いかけ続けた。

翌朝。

ふかふかのベッドで目を覚ましたハルがまず思ったのは、「ぜんぶ、夢だったんじゃないだろうか」ということだった。

無理もない。

昨日の夜のような出来事は、ハルが生きてきた中で一度も起きなかった。空想したことさえない。

それが夢などではなかったことをハルがようやく理解したのは、ベッドをそっと抜け出して家の外に出た時だった。

玄関に置いてあったサラの靴を履いて、ハルは庭に出た。そして、サイズの合わない靴をパカパカ鳴らし、庭の端まで歩いた時、それを目の当たりにしたのである。

昨日は夜だったから見えていなかった。

庭のしばらく先で地面が唐突に途切れ、その先には青空が広がっている。空の下にはウルガルズの街並みが広がり、北にあのユシルの大樹がそびえていた。

「飛んで……る？」

浮島。

この家は、いや、この家のある島は空を浮遊している。

昨晩ここに来た途端、急に雨がやんだ理由も多分これだった。

今日の雲は高いから、島よりも上の位置を漂っている。けれど、昨日の雨雲はそうではなかったのだろう。植物が生えているのだから、まったく雨が降らないということはなさそうだが、降らない時もある。

そういう場所なのだ、ここは。

3

それから、二人は一緒に暮らし始めた。

ハルにとっては慣れない生活の始まりと言えたが、もっとも、それはサラからしても同じことだった。

サラはこの歳《とし》まで婚姻の経験がない。

言い寄る異性が皆無というわけではなかったが、サラにその気はなかった。……そんな

心の余裕はなかったと言い換えてもいい。二十五年前、魔法学校に通っていた頃に経験したこと。忘れられるはずもない。いま、半ば人助けのような薬屋稼業を続けているのも、「あの時のことを決して無駄にはしたくない」という想いが心のどこかに重く横たわっているせいだ。それをサラ自身も自覚している。

何にしても、サラはこれまで独り身を通してきたわけで、当然、子どもを育てた経験もなかった。

薬師として、患者の子どもと接する機会はある。が、それは育児とは全然違う。そのことをサラもすぐに気づかされた。

家に連れてきた翌日の晩、ハルが熱を出した。

病気というわけではない。前の晩、雨に濡れて体を冷やしたことと、急な環境の変化が合わさって、そうなったらしい。あるいは、鎖の共有も一つの要因だったのかもしれない。

「とにかく、温かいものを食べて、ちゃんと薬も飲んで、ゆっくり眠ること」

ここまでは薬師としてのサラで良かったが、その先で少しつまずいた。

「ほら、これ。今日、街で買ってきたの。ハルのパジャマと下着。さあ、今夜はこれに着替えて――」

「…………」

「……ごめん。ちょっと大きかったみたいね。サイズ、ちゃんと巻尺で測っとくべきだった――」

小さな失敗はもちろん、その後、ハルが元気になってからも続いた。

たとえば、伸び放題になっていたハルの髪をサラの手で切った時は、男の子の髪型というものがいまいち分からず、女の子のような形にしてしまったし、ハルを喜ばせようと思ってサラが挑戦して作ってみたウサギの編みぐるみは、ウサギではなく、小太りの未確認生物になった。

「えーっと、その……気に入らないなら、捨ててくれてもいいから」

「……そんなことしない」

「そ、そう？」

「うん。お部屋に持っていってもいい？」

「あーうん、もちろん」

まあ、失敗ではあったが、喜んでもらうという目的は果たせたようだった。

その証拠に、ハルは毎晩、サラが作ったその編みぐるみを抱いて一緒に寝ているようなのである。

「このフクロウさんはね、エムさん。男の子」

「エム……さん」

「こっちの黒猫さんはね、テトさん。女の子」

「テトさん」

「そう。どっちも、私とこの家で一緒に暮らしてるの。これからはハルとも一緒に暮らすことになる。仲良くできるかな？」

「う、うん。でも」

「ん？　どうしたの？」

「……魔女、さん？」

「あはは、私のことか。そうね。それは普通にサラでいいわ。魔女さんはむしろダメ。いい？」

「うん。サラ……さん」

日々はゆっくりと過ぎていった。

ハルの元々住んでいた家について、サラはウルガルズの街に住む元患者のつてを頼って調べてもらった。結果はほとんど予想通りだった。荒《すさ》んだ家に、荒んだ庇護者。しかも、ハルにとって形の上で義理の父親にもあたるその男は、借金を抱えており、あの夜の数日後、行方をくらましてしまったらしい。つまり、いまハルを元の家に戻したところで一人、のたれ死にさせるだけということだ。

サラにとっては「人攫い」の大義名分ができたわけだが、だからといって、素直に喜ぶ気にはなれなかった。いままでハルが味わってきた境遇を思うと、その義理の父親とやらに腹も立つし、同時に後ろめたさも感じてしまうのである。元々サラがハルをここへ連れてきたのは、義侠心《ぎきょうしん》や同情が全てではない。大人の都合でこんな幼い子を振り回す。その一点においては、自分のやっていることも、ハルの義理の父親と大差ないのではないか？

（せめて……）

と、サラは家の中から、庭にいるハルの姿を見て思った。

晴れた空の下、木蔭《こかげ》で飼い猫のテトがのんびり昼寝をしていた。ハルはその前でしゃがみこみ、何をするでもなく、テトの寝顔をじっとのぞきこんでいる。

（あの子の大事なものが失われないよう、面倒を見よう）

最初にフクロウのエム、猫のテトを紹介した時、ハルから自分の呼び方をたずねられ、サラの頭に浮かんだのは、懐かしいシーノの顔だった。

亡くなったシーノはサラに自身のことを「お母さん」と呼ばせず、名前で呼ばせていた。

ある意味、サラもそれにならったとも言えるが、そうした理由は少し違うかもしれない。ハルの母親が病気で亡くなったことを、サラはすでに知っていた。ハル自身の口から聞いたのである。そして、ハルの中で、あの義理の父親はともかく、優しかった母親の記憶は、温かいまま残っている。

いまはここにいないが、ハルのことを愛してくれていた母親。

いつまで続くかは分からないが、サラはこれから、その母親に代わってハルの面倒を見ていくことになるのだろう。

だが、それでもハルが「お母さん」と呼ぶのは、大事な本当の母親だけだ。自分はその領域を決して侵さない。

そう、サラは心に決めたのである。

そんなある日のことだった。

「私は部屋で仕事をしてるから。ハルはお昼ご飯まで、テトさんと遊んでてね」

そう言って、リビングにハルを残すと、サラは二階にある仕事部屋へ向かった。

ハルがこの家にやってきたことによって、サラの生活は一変したとも言えるが、一方で薬師としての毎日が失われたわけではなかった。深い事情を知らない者が見れば、育児に仕事に大忙しとでも表現したかもしれない。もっとも、サラ自身はいまの忙しさが嫌というわけではなかった。むしろ、生活の張りという点では以前より充実している気すらしている。

その日も、サラは自室で仕事に励んだ。

フクロウのエムが運んできた手紙の依頼を確認し、薬品を調合し、一つ一つ丁寧に真新しい薬袋《やくたい》にまとめる。薬には注意書きのカードを付ける必要もあった。薬の作用や、服用の際にやってはいけないことを記すためのカード。裏面にエムを象《かたど》ったフクロウのロゴと、ソノーレ語で「サラ薬局」の小さな文字が入っている。そのカードに、魔法学校時代から長年愛用しているペンで文字を書き連ねていく。

そうやってサラが一通りの作業を終え、そろそろ昼食の準備をしようかと、部屋の壁時計を見上げた時だった。

「！」

ガシャンという派手な音は一階から聞こえた。

あわてて部屋を出て階段を下り、一階に顔を出してみると、そこには目を覆いたくなるような光景が広がっていた。

リビングではない。キッチンだ。

床にばらまかれた粉は小麦粉らしい。あるいは、砂糖や他の粉も混じっているかもしれない。そして、真っ二つに割れてしまったお皿、ひっくりかえったボウル。

その中心で、ハルが床にへたりこんでいる。キッチンに現れたサラを見ると、幼い顔がくしゃっと歪《ゆが》んだ。

「う、うぅ……ごめんなさ……」

――子どもって大変だ。

一瞬、唖然《あぜん》としてから、サラはそう思った。

無論、ハルが何をしようとしていたかは、サラにはすぐ分かった。散らばったものを見るに、ハル自身とサラが食べる昼ご飯を、自分の手で作ろうとしていたのだろう。もちろん、この場合ハルだけが悪いのではない。不用意なことをしないよう言い含めることをせず、目を離したサラも悪いのである。幼い子の面倒を見るというのはそういうことだ。

「ひっく……サラさんに……喜んでもらいたくて……」

途切れ途切れのハルのその言葉は、サラに遠い昔の記憶を思い出させた。そういえば、サラも昔、似たような失敗をしたことがあった。あれはシーノに拾われて間もない頃だったか。シーノのお手伝いがしたくて、掃除のつもりで庭に生えた草を引き抜いて回ったら、その中にシーノが大切に育てていた夜光花《やこうか》の苗が交じっていて。

シーノは怒らなかった。

『ありがとさん。どれ、手を出してみな。よしよし、怪我はしてないね。これからは気をつけるんだよ。草の中には、体に入れちゃいけない毒を持ったやつもあるからね』

温かな記憶と、目の前のハルの泣き顔が重なり、サラはごく自然と笑顔になった。

「ありがとう。怪我はない？」

しゃがみこんでたずねると、ハルは涙声のまま「うん……」と返事をした。

「でも、お皿が……」

「大丈夫」

笑って、サラは床の上で割れた皿に手をかざし、簡単な呪文を唱えた。

「――レステ」

魔法の効果はすぐに発現した。真っ二つに割れた皿がみるみるうちに元の形を取り戻す。そして、皿は誰の手を借りることもなく、ふわりと自分で宙を飛び、キッチンの棚に戻った。普通の皿なら不可能なことだったが、この家にある食器のほとんどは、製造された段階で予《あらかじ》め復元魔法が練りこまれている魔具なのである。

「すごい……」

「それはお皿を作ってくれた職人さんに言ってあげよう。さて、床を片付けたら、お昼にしようか。ハルは何を作りたかったの？」

「えと……パンケーキ」

「よし。じゃあ、今日のお昼ご飯はパンケーキね。ハチミツたっぷりの」

「う、うん」

この出来事があってから、ハルは自分からよく「何か手伝えることはないか？」と、サラにたずねてくるようになった。

子どもには子どもなりに、その胸に抱えこんだ想いがある。

もちろん、幼い子は大人の世話なくしてはまともに生きていけない。だが、その世話をただ甘んじて受けるだけの子もいれば、そうでない子もいるのだ。まして、サラとハルは本当の親子ではない。

そのことをサラだけでなく、ハルもはっきりと認識しているのだろう。

――自分は本当にこの家にいて良いのか？

――ここにいて良いようになるためには、何をしたらいいのか？

きっとハルはそんなことを考えている。サラにしてみれば、子どもがそんな心配をする必要はないとも思うのだが、それはサラの理屈であって、ハルの想いではない。子どもは大人が思うほど子どもではないということだ。そもそも、サラ自身でさえ、シーノに養われていた頃は、似たような想いを抱いたことがなかったたか。

そのことに気づいたサラは、ハルにできる範囲で家の中のことを少しずつ手伝わせ始めた。

「卵はね、角で割っちゃダメなの。殻が入っちゃうから。平らなところで、コツンと」

「ん……っと。こう？」

「そうそう！　うまいうまい！　ハルは手先が器用ね」

炊事。

「うーん、いい天気。さて、このズボンはお尻の部分を下にして干そうか」

「お尻が下？」

「シワが少しでも伸びるようにね」

洗濯。

「ケホ、ケホ……」

「ほらほら、埃《ほこり》を払う時はちゃんとマスクもする」

「うん」

掃除。

「テトさん、気持ち良さそう」

「ハルにブラッシングしてもらって、ありがとうって言ってるよ、きっと」

「そうかな……ふふ」

動物たちの世話。

一つ何かを覚えれば、それだけハルにできることも増える。

そのことがこの家で暮らすハルの安心や喜びに繋がるのであれば、それでいいとサラは思うようになった。それに子どもはいずれ成長して大人になる。生きていくために有用なことを教えていくのは、それこそ世話をしている者の義務というものだ。

サラの「視」るところ、ハルは魔力を持たない非術師だった。

ただ、おそらくハルはこの先、魔法とまったく無縁の生活を送ることはない。そもそも、鎖を共有している時点で、ハルの寿命はサラと重なっている。二十歳まではごく普通に成長するだろうが、その後は歳の取り方がサラと同じになり、非術師と違ってくるだろう。

サラはハルに鎖のことをまだ教えていなかった。

それはサラ自身にとっても、痛みの多い記憶であり、触れられたくない過去と繋がっているからだった。しかし、ハルが大人になり、自分が周りの非術師と違うということを自覚するようになれば、教えないわけにはいくまい。なぜ、そんなことが起こってしまったのか。最初から全て、余すところなく。サラとしては、ハルにその話をするのは、できるだけ遠い未来にしておきたいというのが本音でもあったが。

「おやすみ、ハル。いい夢を」

「おやすみ、サラ……」

いつか、ハルを魔術師の街ハルハリーリに連れていく日もやって来るのだろうか――。

窓から差しこむ淡い月の光に照らされたハルの寝顔を枕元で見ながら、サラはぼんやりとそんなことを考えていた。

interlude 4
ベナの告解

見られた。

間違いなく誰かに見られた。

雨も降っていたし、相手は暗がりにいたから顔がよく見えなかったが、雨音に混じって途切れ途切れに聞こえた声からすると、多分女だったと思う。

鎖《くさり》を奪う相手を捜《さが》すのに、私が魔術師の街ハルハリーリではなく、ウルガルズを思いついたのは必然と言えた。

ハルハリーリは魔法に精通した魔術師が闊歩《かっぽ》している。人間の肉体と魂を繋《つな》ぐ鎖をはっきりと視認できる者も多い。もし死体が発見され、そこからあの砂時計めいた鎖の本体が抜き取られているのを見たら、何が起きたのか察する者もいるだろう。そうなれば、生き返らせたネモラにも危険が及ぶかもしれない。

逆にウルガルズは魔女と共に生きる街などと言われながら、住人のほとんどは魔法に疎《うと》かった。しかも、治安も悪い。親に放置され、その日暮らしを続けているストリートチルドレンなども多くいる。

あの夜、私は最初、ウルガルズの貧民街の片隅で肩を寄せ合う幼い兄弟に目をつけた。夜のそれなりに遅い時間だというのに、家にも帰らず、小さな橋の下で雨をしのいでいた兄弟。

ただ、そこで私は躊躇《ちゅうちょ》した。

私に必要な鎖は一つだけだった。兄弟どちらかのそれを奪うと、残された方は独りぼっちになってしまう。まるで、かつての私のように。

私は他を捜した。

街には浮浪者もたむろしていたが、大人はまずいと私は思った。抵抗されたら騒ぎになる。自然、抵抗しそうにない子どもを捜し歩くようになり、それに気づいて、我ながら、うんざりした。これでは弱いものを付け狙って徘徊《はいかい》する死霊やグールと同じではないか。

(今日のところはいったん引き揚げようか?)

そんなことさえ考えた時、私はあの子を見つけたのだ。

雨が降り続く人気《ひとけ》のない裏道を、傘もささずに裸足で歩いていた男の子。

男の子は一人だった。私があとを追いかけると、足音に気づいたのか、その子は振り返った。暗く、悲しい目をしていた。何もかもあきらめきったような、光を失った目。そして、顔に残る大きな傷跡。

「君、家族は?　おうちはどこ?」

男の子は言葉を口にせず、頭を左右に振った。家族はいないし、家もないという答えに見えた。まさに私が捜し求めていた子だった。先立たれても、誰かが悲しんだりしない子。

（いましかない！）

そう思った。

初めてにしては、他人から鎖を奪う魔法は想像以上にうまくいった。

だが、その瞬間を誰かに見られたのだ。

「ちょっと！　何してるの！」

私は逃げた。

あるいは顔も見られたかもしれないと思ったが、心配はいらないと自分に言い聞かせた。元々、私はウルガルズではなくハルハリーリの住人だ。ウルガルズで私を知っている人間などほぼいない。雨音の中で聞こえた女の声にどこか聞き覚えがあるような気もしたが、多分気のせいだろう。それにバレたらバレたで、ウルガルズやハルハリーリの街から離れてしまえばいい。というより、私は最初からそのつもりだった。いまの私は死者を蘇《よみがえ》らせる禁忌《きんき》の魔法の研究をしている。ネモラの蘇生《そせい》に成功すれば、ネモラと一緒にハルハリーリを出ていくことも考えていた。私自身と、何よりもネモラを守るために。

街を必死に走り、魔術通路《まじゅつつうろ》を使って、ネモラを安置した作業小屋に戻った頃にはもう、私の頭からその女のことは消えていた。

そんなことより何より、考えるべきことがあった。

私の手の中に鎖があった。

あの男の子から奪った鎖。要である、砂時計の容器部分。

あの子の命を奪った証《あかし》でもある。

私は手にした鎖を見てつぶやくと、作業小屋の奥へ進み、ネモラを安置していたカプセルベッドを開いた。

「ごめんなさい……」

ネモラは変わらず、目を開いたままベッドに横たわっていた。その胸の上には容器が破壊され、枠だけが残った鎖がある。

あの子の鎖を持った私の手が震えた。

これでネモラは生き返る。

あの理不尽な死を乗り越え、元の輝くような笑顔を取り戻せるのだ！

私は慎重に、手の中の鎖をネモラの胸にはめこんだ。

かちりという音がして、あの子の砂時計の容器部分が、ネモラの砂時計の枠の内に収まった。と同時に、砂時計全体にぽっと青白い光が灯《とも》る。

やった――。

しかし、私が歓喜の声をあげようとした、その時だった。

「っ!?」

わずかに輝きを放ったように見えた砂時計の容器部分に、ピシリと亀裂が走った。

直後、容器は粉々になって砕け散る。まるで、抑えがたい何かの力で内側から破裂させられたかのように。

「どうしてっ!?」

絶叫が私の唇からほとばしった。

四章　魔女に育てられて

1

「わっ」

　突然、すぐそばでバサリと広げられた大きな茶色い翼を見て、ハルは驚いた。

　そーっと音を立てないよう、静かに扉を開けた瞬間の出来事だった。

　フクロウのエムが、止まり木の上から首をかしげてこっちを見ている。特にハルを驚かそうとしたわけでなく、単に部屋へ入ってきた者への挨拶のつもりだったらしい。

「ハル？」

　部屋の奥からサラの声が聞こえた。

　ここは二階にあるサラの仕事部屋だった。子どものハルには危ないものも置いてあるから、自分がいない時は入ってはいけない、とハルはサラに言い含められている。普通、そう言われると逆に子どもは大人の留守を狙って入りたがるものだが、あいにくハルはそういうタイプではなかった。ただ、今日はサラもいるので入ってもいいだろうと思い、おそるおそる顔を出したのである。

「どうしたの？」

作業机の前に座っていたサラが椅子から立ち上がり、笑顔でハルのところへ歩み寄ってきた。

「ひょっとして、私のお仕事が気になる？」

「あ、うん。サラさ……サラ」

ハルがサラの家で暮らすようになってから、すでに一年以上が経過していた。最初の頃はぎこちなく「サラさん」と呼んでいたハルも、いまでは「サラ」と呼ぶようになっている。ただ、たまに前の癖も出る。サラ本人から笑って何度も「さん」はいらないと諭された結果だ。

サラの手で部屋の中に招き入れられると、ハルは少し目を輝かせて辺りを見回した。この部屋に入った回数は決して多くないが、いつ見ても、この場所はハルの心をわくわくさせてくれた。フクロウのエムはもちろん、棚に並べられた大小様々なフラスコやビーカー。色とりどりの粉や液体が収められた薬瓶、きれいな絵柄が入ったカード。生まれてこの方、ハルが見たこともないもので埋め尽くされている。

さっきまでサラが座っていた椅子に、ハルは座らせてもらった。机の上に置いてあった小さなすり鉢の中には、たったいまサラが調合を終えたらしい何かの粉があった。

「患者さんが飲むための薬だからね。ハルはなめちゃダメ」

「クスリ……」

サラの仕事が「クスシ」と呼ばれるものであることを、ハルはもう知っている。

「これで病気が治るの？」

「そう。いろんな病気を治すために、いろんな種類の薬があるのよ」

「ふうん」

病気を治す。

サラのその言葉を、ハルは胸の内で繰り返した。そうすると、頭に浮かんだのは、亡くなった母のことだった。もし薬があって、サラのような「クスシ」がいれば、自分の母親も死んだりしなかったのだろうか。

だが、そこでサラがこう付け加えた。

「でも、薬は万能じゃない。薬は魔法と同じ。できないことだってたくさんある」

「えっ？」

驚いて、ハルはかたわらに立つサラを振り仰いだ。

「魔法って、何でもできるんじゃないの？　光る蝶々《ちょうちょう》をいっぱい飛ばしたり。割れたお皿だって元通りになったのに。魔法と同じなら、薬だって――」

「何でもできたらいいんだけどね。魔法も万能じゃないのよ。そう、たとえば」

言いながら、サラは手を伸ばし、ハルの頬から鼻にかけて、そっと指を滑らせた。そこにはあの男の手でつけられた大きな傷跡がある。

「何でもできるなら、ハルのこの傷だって消してあげられる。でも、それはやっぱり難しい。できたら、本当に良かったのにね」

「そうなんだ……」

「けど、できないことがある一方で、できることもあるのよ。薬と魔法はそこも同じ。病気で苦しい思いをしている人の全部を助けてはあげられないけど、助けてあげられる人もいる。というか、でないと、私はお仕事がなくなって、今日の夜ご飯のグラタンだって食べられない」

最後は悪戯《いたずら》っぽく言われて、これにはハルも笑顔になった。

「ねえ、サラさ……サラ」

「ん？　なに？」

「ぼくにも薬の作り方を教えて！　魔法は使えないけど、ぼくもサラみたいに病気の人を助けてあげたい」

ハルの前でサラが目を丸くした。

続けて、心の底からおかしそうに笑い出した。

「あはは、そっかそっか。私みたいに、か」

「う。ぼく、何か変なこと言った？」

「違う違う。――うん。笑ったりしてごめん」

謝ってから、サラは左手の人差し指を自分の髪にからませた。それがサラの癖であることを、ハルはこの家に来てしばらくしてから知った。

髪を触《さわ》りながら、サラは「そうねえ」と首をかしげ、

「ハルが本気でそうなりたいなら、まずは読み書きからかな？」

「読み書き？」

「薬を作れるようになるには、いっぱい勉強が必要なの。勉強するには字が読めないと」

「分かった！　ぼく、いっぱい勉強するよ」

「ふふ、そっか」

今度のサラの笑みはおかしいというより、どこか嬉《うれ》しそうだった。


その日から、ハルはサラに読み書きを教わるようになった。

いや、読み書きだけではない。

算数に、物の名前。植物の育て方や、色々な道具の扱い方。料理を本格的に習い始めたのもこの頃だ。

ハルから見ると、サラは何でも知っていて、何でもできる、それこそ魔法のような人だった。いや、魔法は何でもできるわけではないらしいから、魔法以上かもしれない。

ただ、そんなサラにも実はハルと似たところがあるらしい。

そのことをサラが話してくれたのは、ハルがサラに料理を教わっていた時だった。

「このチキンとアボカドのサンドイッチはね。昔、私を育ててくれたシーノって人の得意料理だったの」

「シーノ……えっと、サラのお母さん？」

「違う。私もハルと同じで、小さい頃にお父さん、お母さんとお別れしたのよ。それから私と一緒に暮らしてくれたのが、シーノ。私と同じ魔女」

サラみたいな人だったんだろうか、と思い、ハルは実際そのことを口に出してみたのだが、途端にサラは大笑いした。

「ははっ、そうね。あと何十年もすれば、似てくるのかも――いや、やっぱり無理かな。シーノは私と違って、ちゃんと両目が開いていたし」

この言葉にはハルの方がどきりとした。

決して開くことのないサラの左目。

初めて見た時から気にはなっていたが、その話題に触《ふ》れることをハルはこれまで避けてきた。ハル自身にも顔に大きな傷跡があって、それは辛《つら》い過去と繋がっている。ひょっとしたら、サラも……そう思うと、聞きたくても聞けなかったのだ。

しかし、サラの方から触れてくれたのなら、話は別だった。

「あ、あの、サラのその目って……どうして、そうなっちゃったの？」

キッチンに並んで立ち、ハルはこわごわサラにたずねてみた。

サラからはすぐに答えが返ってこなかった。

程よくあぶったチキンを、まな板の上できれいにスライスした後で、ようやく、

「昔、ホウキで飛ぶことばかりに夢中になっていた頃にね、事故にあったの」

「……。ごめんなさい」

数秒の沈黙の後、ハルは謝った。

サラの返答には特におかしなところがあったわけではない。

ただ、それでもなぜか、「やっぱり聞いちゃいけなかったんじゃ」とハルは思ってしまったのである。

謝ったハルを見て、サラの方は逆に戸惑った顔になった。その唇が何か言いかけるように一瞬開く。

だが、サラの唇はすぐに閉じた。

そうして、サラはスライスしたチキンの一かけらをつまみ、ハルの口に押しこんだ。

「……美味《おい》しい」

「でしょ？」

軽くハルに笑いかけてから、サラは閉じた自分の左目の下に指をあててみせた。

「怪我《けが》をする前はね、ここに小さなホクロもあったのよ。怪我した時、同じ場所を切ってしまって、いまは残ってないけどね」

よく見ると、サラの左目はただ閉じているのではない。その周囲にも傷跡が残っているのだ。

おそらく左目を失った時に負った傷なのだろう。自分がそうだったように、サラも痛くて辛い思いをしたんだろうか。チキンを飲みこみながら、ハルはぼんやりとそんなことを考える。

「魔女や魔術師の世界では、左目は来世に繋がってるって言われてるの。もしかしたら、前世の私もここにホクロがあったのかもね」

さすがにサラのその話は、十歳にもならないハルには少し難しすぎた。

「えっと……ライセ？　ゼンセ？」

「来世は人が死んだあと、生まれ変わってまた生きる世界のこと。前世は逆に、いま生きている人が生まれ変わる前に、生きてた世界のこと」

「そんな世界があるの？」

「もちろん、いま生きてる人には見ることも行くこともできないから、本当にあるかどうか、確かめた人はいない。でも、魔術師の多くはあるって信じてる」

「サラも?」

また返答に少し間があった。

「私は信じたい方、かな」

「ふうん」

その話はそこで終わりだったが、それからしばらくして、ハルはサラから一冊の本を貸し与えられた。それは魔術師と花にまつわる話が書かれた本だった。挿絵も多い、どちらかといえば子ども向けの本だ。

「読み書きも大分上達してきたし、練習も兼ねて一人で読んでごらんなさい」

サラに言われた通り、ハルは本を読んだ。

その本の中で、ハルは花には花言葉というものがあること、そして、その花言葉にちなんだ魔術師の一風変わった風習があることを知った。

魔術師には死んだ人間の左目に花を添える習慣があるらしい。

来世に繋がっているとされる左目。

そこに花を供える。しかし、それは非術師たちがやっているお供えの花とは少し意味合いが違う。一種のおまじないなのだ。

花にはそれぞれ花言葉がある。その花言葉を、来世で生まれ変わる死者に送る。その花言葉と同じように、死者が来世でも幸せになれますようにと願いをこめて。

たとえば、ボタンであれば、花言葉には「富貴」というのがあるから、死者が来世で豊かになれますように。

ディモルフォセカの花言葉は「いつも元気なあなた」だから、死者が来世で健やかに生きていけますように。

もちろん、これは魔法ではないおまじないだから、願いがかなうとは限らない。それでも、死んでしまった大切な人のために願う。いや、大切だからこそ願わずにいられないのかもしれない。

『私は信じたい方、かな』

シーノというサラを育てた人は、もう亡くなっているそうだ。サラはその人が来世で幸せに暮らしていることを願っているのだろうか。

本を読みながら、ハルはそんなことを考え、そして、素直にこう思った。

やっぱりサラは優しい。


そうやって、日々の出来事は穏やかに降り積もっていった。

時の流れはゆるやかで、それでいて、子どもの成長は早い。

読み書きを覚え、他にも多くのことをサラから学んだハルは、やがて家の中のことだけでなく、サラの仕事も手伝えるようになった。

無論、薬作りに関してはまだ技術と経験が不足していて手を出させてもらえない。しかし、サラから頼まれたものをウルガルズの街に買いに行くことくらいはできる。あとは、街の人間からの薬の依頼をまとめたり、受け取った礼金を計算したり。

新しい世界や知識は、いつもハルの心を浮き立たせてくれる。

あの魔術師と花に関する本を読んだ後も、ハルはサラが持つ多くの本を借りて読み漁《あさ》った。というより、読書に関しては勉強ではなく、いつしかハルの趣味になっていった。それが元々ハルが生まれ持った資質だったのか。サラの薫陶《くんとう》を受けた結果、そうなったのか。いや、どちらか一方ではなく、おそらく両方だろう。いずれにしても、何かを覚え、覚えたことを毎日の生活に生かしていくことは、ハルにとってまったく苦痛ではなく、むしろ喜びすら伴っていた。料理の腕前も上がり、いつの間にか、単なる手伝いではなく、当番制でサラと交互に食事の用意をするまでになっていた。

ハルの一人称が「ぼく」から「俺」に変わったのも、ちょうどこの頃である。

買い物のために街に行けば、そこでハルは様々な人と出会う。

多くの男性、そして、自分とあまり変わらない年頃の子たちが「俺」を使っているのであれば、自然とそれにならっていくのが、日々大きくなっていく子どもというものだ。ハルもそうだった。ただ、サラの前で「俺」を使うのはそれなりに勇気が必要だった。初めて使った時、叱られるかな、ともハルは思ったが、聞いたサラは別に怒らなかった。むしろ楽しそうに「ふふ」と笑っただけ。ちょっと恥ずかしかったが、以来、ハルはサラの前でも「俺」を使うようになった。

思春期というものが、いつ始まるのかは誰にも分からない。

しかし、それはほぼ間違いなく、どんな子どもにも訪れる。

ハルもそれは同じだった。たとえば、顔の傷は昔は辛い記憶の跡でしかなかったが、最近では単純に見た目の問題としても、気にするようになっていた。街を歩くチンピラみたいで嫌、格好悪い——そういうことだ。

ある日、ハルはサラの仕事部屋で、作業机の上に見慣れない写真立てが置かれているのに気づいた。

それは普段、部屋の目立たないところに仕舞われていたものだった。ただ、その日はどういうわけか、机の上に置いてあった。サラが引っ張り出して見ていたのかもしれない。外は木枯らしが吹き始めた、少し寒い日のことだった。

「？」

写真の中には、三人の女の子が写っていた。

一人は明らかにサラだ。いまよりずっと若い。それでもサラと分かる。左目もまだ開いていて、前に言っていたように、目の下には小さなホクロがある。

残りの二人はどちらも、ハルの知らない顔だった。しかし、三人はきっと仲が良いのだろう。写真の中で楽しそうに笑っている。三人とも、自分の髪に花を挿《さ》していた。サラから借りた本で目にしたことがある。これはパラジニアという名の夜光花《やこうか》だったか。確か、花言葉は「いつまでも仲良く」。

ハルが写真立てを手に取って、しげしげと見入っていると、そこへ部屋にサラが戻ってきた。

幼い頃と違って、いまのハルは分別もつき、薬のこともある程度学んだから、この部屋に一人で入ることをサラから禁じられていない。

が、それでも、その時だけはハルの姿を見たサラがハッとした顔になった。

「机に置いたままになってたから」

ハルは少し早口でサラにそう言った。

「昔の写真？」

たずねると、サラはすぐにいつもの顔に戻り、「ええ」と答えた。

「魔法学校に通っていた頃、友達と撮ったものよ」

説明はそれで終わりだった。

写真立てをハルから受け取り、元あった場所に仕舞うと、サラはそれ以上、写真の話を一切しなかった。もちろん、写っていた友達のことも。

ハルも問い質《ただ》さなかった。

理屈ではない。

直感である。

部屋に入ってきた時に見たサラの顔。

昔、ハルが左目のことをたずねた時の顔とよく似ていた。

2

十五歳と言えば、サラがかつて通っていた魔法学校なら、もう立派な上級生になっている年齢である。

もちろん、大人ではない。だからといって、子どもかと言われると、少し微妙。そんな年頃。

十五歳の誕生日を迎えて、半年ほどが過ぎたハルは、その日、サラのお使いでウルガルズの街へ向かった。

今日は薬の原料の調達が目的ではなく、単なる食材の買い出しだった。

いつもの魔術通路《まじゅつつうろ》をくぐり抜け、ウルガルズ側にある入口の壁を出る。そうして、ハルは垂れ下がるツタを払い、街の裏道を歩き出した。あのツタ、ほんの数年前まではわざわざ手でどけなくても、ハルの頭に触れることはなかった。といっても、ハル自身はそれを大して意識していない。自分の背がずいぶん伸びたことを、当の本人は普段、結構忘れているものである。

市場は街の中央広場にある。

「まいどあり！」

馴染《なじ》みの店で必要な物を買い揃《そろ》えると、ハルはいっぱいになった買い物袋を抱え、来た道を戻り始めた。こんな時、せっかく街にやって来たのだからとウインドウショッピングを楽しみたがるような子もいるのだろうが、ハルにそういう趣味はない。

表通りから裏道に再び入る。

ところが、その時、横あいから不意に声をかけられたのだ。

「よお。でかくなったな」

最初は誰の声か分からなかった。

この辺りに知り合いがいないわけでもないが、その誰とも違う……しかし、そう思って、ハルが相手の顔を確認しようとした瞬間、いきなり腰を蹴られた。不意打ちすぎて、よけることさえできなかった。転びはしなかったが、よろめき、ハルは持っていた買い物袋を地面に落としそうになった。すると、相手はハルの正面に回りこんできた。酒臭い息がハルの顔に吹きかけられる。それで、やっとハルは相手が誰なのかに気づき、同時にぞっと全身の毛が逆立った。

それはかつて、ハルを虐待していたあの男だった。

頬の肉が落ち、明らかに当時より歳《とし》を食っている。が、その汚れた顔は間違いない。

「あなた……」

「久しぶりじゃねえか」

にやにやと男が笑っていた。数秒、ハルの頭の中はパニックになった。なぜ、この男がこんなところにいるのか。いままで街に来たことは何度もあったが、ハルはあの日以来、一度もこの男の姿を見なかった。噂《うわさ》で借金取りに追われて街から逃げ出したとも聞いていた。だからもう安心しきっていたのだ。何年も、ずっと。

なのに、どうして。

「…………」

「あん？　なんだ、その目は？　せっかく帰ってきた『父親』にお帰りなさいの一言もなしか？　……けっ！　まあいい。とりあえず、出すもん出しな」

ポケットの中の財布をあっという間に奪われた。

もちろん、買い物をすませたばかりなのだから、大した金は入っていない。男もすぐにそれが分かったらしく、舌打ちして「これだけかよ」と吐き捨てた。そうして、男は汚物を見るような、侮蔑《ぶべつ》しきった眼差《まなざ》しをハルに向けてきた。

「ふん。昔と変わらず、シケたツラしてやがんな。にしても、お前、いままでどうやって生きてきた？　驚いたよ。てっきり、どっかでのたれ死んだか、拾われて売られたかと思ってたからな。まあ、そんだけデケェ傷が顔にあったら、誰も買わねえか！　はっはっは！」

濁ったその笑い声を聞くと、ハルは吐き気を覚えると同時に、体が硬直する。

過去の記憶がそうさせるのである。絶対に逆らってはいけない相手。普段は全く痛まない顔の傷跡さえ、ズキズキうずく。

それでも苦労して強張《こわば》る唇を開くと、ハルは低い声で男に言った。

「……俺とあなたは血の繋がりなんかない。父親じゃない。親子じゃない」

「ああん？」

「ただの他人です。もう俺とは関わらないでください」

他に話すことなど、一つもなかった。

ハルはそれだけ伝えると、目の前に立つ男をよけて、裏道を改めて歩き出そうとした。

だが、そこで男に肩を摑《つか》まれた。無理やり振り向かされる。そして、腹に襲いかかる衝撃。

「ぐっ……！」

今度こそ過去の再現だった。

男の拳がハルのみぞおちに何度もめりこんだ。いいや、みぞおちばかりではない。当然、顔も殴られる。たまらず、ハルは買い物袋を地面に落とした。薄暗い裏道にバラバラとこぼれ落ちるリンゴや玉ねぎ。

さんざん殴りつけた後、男はハルの胸倉を掴むと、

「言うようになったじゃねえか、クソガキが。——ああ、そうそう。俺、いま金に困ってんだよ」

「……だから。なんですか？」

「そのナリからすると、お前、昔と違って、そこそこ羽振りがいいんだろ？　取り引きしないか？　俺がいま住んでる家によ。お前の母さんが持ってた元旦那の写真、つまりお前の本当の親父《おやじ》の写真があんだよ」

母さん。親父。

その二つの単語を耳にした時、ハルのこめかみにぴくりと電流めいた衝撃が走った。

それはついさっきまでの顔の傷跡のうずきとは、まったく種類の異なる痛みだった。

「あと、あいつが死ぬ前にな、お前に渡してほしいって言われて預かってた手紙もある。

へへっ、十万キラでどうだ？　いい話だろうが。どっちも、お前にとっちゃ、この世にたった一つしかない逸品……」

「っ！」

暴発は、あっという間の出来事だった。

いや、それはある意味で必然だったのかもしれない。

確かに過去の記憶は恐怖と苦痛でハルの体を縛る。

しかし、そこにはハル自身すら見ないようにし、ずっと抑えつけてきた別の感情もどろどろと煮えたぎっていたのだ。憎悪、怒り。きっかけさえあれば、それらはいつでも噴出する。

そのトリガーを、目の前の男は愚かにも引いた。

だから、そうなるのは当然のことだった。

「わっ！」

ハルの手で突き飛ばされた男が、初めて驚きと動揺の声をあげた。

男の体は存外軽かった。こんなものかと、ハル自身、心のどこかで拍子ぬけしたほどだ。

突き飛ばされた男はみっともなく地面にひっくり返った。ハルは男に馬乗りになり、胸倉を逆に摑んだ。男の目にまぎれもない恐怖が浮かぶ。が、それでも、男は顔を歪《ゆが》めながら、なおもハルのことを嘲弄《ちょうろう》した。

「は、ははっ、写真も手紙も燃やしちまうぞ。いいのか？」

「バカにするのもいい加減にしろっ！」

拳を握る、振り上げる。そのまま振り下ろせば、あるいは何かを得て、何かを失ったかもしれない。

しかし、ハルは拳を振り下ろさなかった。

殴れば、自分もこの男と同じになってしまう。

それだけは死んでも嫌だった。冷静になれ、と必死で自分に言い聞かせる。

「…………」

やがて、ハルは握った拳をゆるめた。

男の手から、さっき奪われた自分の財布を奪い返し、立ち上がる。

息が切れていた。

乱れた呼吸を意思の力で何とか整えると、ハルは買い物袋から散らばったものを拾った。男がすぐそばでゴソゴソと起き上がろうとしている気配が感じられる。見なかったし、見たくもなかった。

落としたものを全部拾うと、ハルはそのまま歩き去ろうとした。ただ、そこで一度だけ足を止めた。

買い物袋の中からリンゴを一つ、財布からは硬貨を一枚出し、男の前に置く。

「もう俺の前に現れないでください」

その言葉だけを告げて、ハルは男に背を向けた。

最後に自分の瞳に映した男は、それまでの下卑た表情を浮かべておらず、どこか呆然《ぼうえん》とした顔をしていた。


魔術通路をくぐり抜け、浮島に戻ったところで、ハルの目に涙がにじんだ。

本当は、父親の写真も母親の手紙も欲しかった。

でも、それはもうかなわない。

庭のフジの木の陰で、ハルは少し時間を潰すことにした。

サラに泣き顔だけは見られたくなかったからだった。

家に帰ると、ちょっとした騒動になった。

「ハル!?　どうしたのっ？　その怪我！」

こういう時、サラの反応も世の多くの親と何も変わらない。

「ちょっと転んだだけ。大丈夫だよ」

「転んだって……」

「大丈夫だから」

その一言で押し通すと、ハルはサラを振り切って、二階にある自分の部屋に戻った。買い物袋はキッチンにそのまま置いてきた。街であったこと、サラに話すつもりはなかった。ハル自身、まだ頭の中が混乱していたし、それに実のところ、ここ最近のハルは少しサラと言葉をかわす機会が減っていた。といっても、深刻な話ではない。年頃も年頃なので、ささやかな反抗期というやつである。どんなことでも喜々としてサラに伝えていた幼い頃とは違う。そして、今日のことに関しては、何よりサラに心配をかけたくないとハルは思った。

「…………」

部屋に入るなり、ハルはどさりと自分のベッドに寝っ転がった。

そのままじっと部屋の天井を見上げる。

動かず、しばらくそうしていると、ようやく頭が冷えてきた。

寝転がったまま、自分の両手を目の前に持ってくる。

街であの男を突き飛ばした手。

「小さかったな……」

改めて思い返してみると、かつてはあれほど大きく見えた男の姿が、今日はひどく縮《ちぢ》んで見えた。もちろん、それだけハルが大きくなったということでもあるのだろう。けれど、もし、あの男とずっと一緒にいたら、自分はいま、どうなっていただろうか？

（……サラのおかげだ）

あの時、サラが拾って育ててくれたからこそ、自分はこうしてちゃんと成長できた。

生きてこられた。

もし、あの男の家にいたままだったら――。

それを想像すると、ハルは心の底からぞっとする。サラが全てから救い出してくれた。分かりきっていたことで、いままでも忘れたことなどなかったが、今日ほど強く思ったことはない。サラには本当に感謝してもしきれない。

手を下ろし、ハルはゆっくりとまぶたを閉じた。

色々なことがありすぎて、いまは少し眠りたい気分だった。

明日以降、街に行けば、またあの男に出くわすかもしれない。

それでもやはり、ハルはサラにだけはあの男の話はすまいと心に誓った。

あの男のことは自分で何とかする。してみせる。

せめてそれくらいできなければ、これまでサラに育ててもらった甲斐《かい》がなさすぎるというものではないか……。

しかし、結局、その決心をハルが行動に移すことはなかった。

というのも、数日後、あの男の待ち伏せを警戒しながら、再びハルが街に出向くと、馴染みの屋台の店主から、あるものを手渡されたからである。

「なんか、お前さんに渡してくれって、無理やりうちに置いてった男がいてな。こっちは郵便屋じゃないんだが」

それは二枚の写真と、一通の手紙が入った封筒だった。

写真の一枚目には、外見がサラと同じくらいの年齢に見える一人の男性が写っていた。

二枚目は家族写真。

女性が産着に包まれた赤ん坊を抱いている。亡くなったハルの母親だった。その横に、一枚目の写真の男性が並んで立っていた。実の父親の顔を知らないハルだったが、それでも男性が誰なのかは、二枚目の写真のおかげで分かった。間違いなくハルの本当の父親だ。

手紙の方は母親がハルにあてたものだった。

体を壊し、死を迎える直前に書いたものらしい。たどたどしい字で、先立つことをハルに詫《わ》び、自分が死んだ後もハルの幸せを願う想《おも》いがつづられていた。

「あの……これを預けていった人、どこに行ったか分かります？」

ハルが封筒を手渡してくれた店主にたずねると、太鼓腹の店主は「さあ？」と首をひねってみせた。

「知らんが、街にはもういないんじゃないかね」

「街を出ていったんですか？」

「旅装だったからな、そいつをうちに置いてった時。こっちもそれを見てなきゃ、自分でお前さんに渡しに行けって言っとったところさ」

「そうですか……」

以後、男はハルの前に姿を現さなかった。

3

姉の名はスウィ。

弟の名はカリフ。

ウルガルズの街にある乾物店で働いている、二人の姉弟のことである。

ハルはというと、単純に食材目的で二人の店を利用することもあれば、サラが作る薬の原料を求めて店を訪れることもあった。サラは大抵の原料を浮島で育てたり、自分で採取してきたりしているが、中にはこういう店でまとめ買いした方が、手間暇を考えると安く済む場合もある。

姉のスウィはハルより七歳年上。カリフは二歳年上。

年齢がそれなりに近いせいもあってか、二人ともハルにとっては店員というより、気心の知れた友人のように話ができる相手だった。

「今日が何の日か、知ってるわよね?」

「知ってるけど……」

とある日、いつものように二人の店を訪れたハルは、姉のスウィにそんなことを聞かれ、少し口ごもった。

春から初夏にかけ、ウルガルズの街はにわかに活気づく。

というのも、街で開催される祭りや大きな行事は、大体この時期に集中しているからである。古い時代、辛く厳しい冬を耐えしのいだ人々が、迎えた春の素晴らしさを大いに祝い、全てのものに感謝をささげた結果、そうなったのかもしれない。祝日や記念日の類いもこの季節は多い。

その日もそんな記念日の一つだった。

「はい。いつもうちで買ってくれるから、今日はサービス！」

そう言って、スウィが買い物を終えたハルに差し出してきたのは、一輪の赤い花だった。

カーネーション。

ナデシコ科の多年草で、昔から結婚式の花冠に使う花として愛されてきた花である。ただ、ここ百年ほどで、この花にはもう一つ別の役割が与えられるようになった。

母の日に、子どもから母親に感謝をこめて送られる花なのだ。

そして、ウルガルズにおいて、今日がまさに母の日。

「そんな……いいって、別に」

「良かったな！　かーちゃん、喜ぶぞ」

断ろうとするハルの横から、スウィの弟のカリフが笑いながら口を挟んだ。

「ついでに、美味しい料理でもごちそうしてやんな」

「あーそれはちょっとうらやましいかも」

と、スウィも笑顔になった。

「母の日があるなら、姉の日も作ってくんないかなー」

「俺はねーちゃんに料理なんか作ってやんねーぞ」

「誰があんたに期待するか。あたしはハルに言ってんの。姉みたいな、美人のお姉さんが目の前にいるんだからさ」

「ちょっと、そこの噴水で顔を洗ってきた方がいいぜ、ねーちゃん」

この姉弟の漫才はまあ、いつものことである。

ただ、それはそれとして、結局ハルは花を押しつけられてしまった。

冗談まじりとはいえ、スウィから「今後とも御贔屓《ひいき》に」などと言われてしまっては断りようがない。

赤いその花は、スウィの手で丁寧にラッピングされ、プレゼント用のリボンも巻かれていた。

帰路、その花を見ながらハルはつぶやいた。

「かーちゃんって……サラはかーちゃんじゃない、よな？」

もちろん、育ててくれたのは間違いない。

ハルはサラから生きていく術《すべ》を全て教えられた。一緒に過ごしてきた時間も長い。そうなると、サラは母親ということになるのだろうか？　しかし、それは何か違うような気もハルはするのだった。第一、サラ本人はハルに自分のことを母親と呼べとは言わない。絶対に。

「何なんだろうな、サラと俺って……」

どうにも適当な言葉が思い浮かばないまま、ハルは大通りを歩き続け、そして、今度は胸の内で独りごちた。

（そもそも、あの人は何で俺を拾って、育ててくれたんだろう？）

これは別にハルがいま思いついた疑問ではなかった。

ずっと昔から分かりそうで分からなかったことだ。

あの雨の夜、住んでいた家から叩《たた》き出された。

いつの間にか道端で眠ってしまい、目を覚ましたら、そこにサラがいた。家をなくしたストリートチルドレンなど、ウルガルズの貧民街では珍しくない。血の繋がりもない。しかも、顔にはこんないわくありげな傷跡がある子。そんな子を、なぜサラは家に連れて帰り、世話しようなどと思ったのだろうか。

ああ見えて、サラは自身のことをあまりハルに語らない。

昔、シーノというサラの育ての親の話を、ハルも聞いたことがあったが、詳しく聞かせてもらえたのはそれくらいだった。他のこと、特にハルと出会う前のことはほとんど話してくれない。

「…………」

無論、育ててくれたことにはいまも感謝している。それはもう心の底から。

しかし、最近のハルはついつい昔のことを思い出して、あれこれ考えてしまうのである。

しばらく前、過去に自分を虐待していたあの男と再会したせいもあったのかもしれない。

「――あ」

とはいえ、これはさすがに少しぼんやりしすぎだった。

いつの間にか、ハルは街の南門の前まで来ていた。曲がるべき道を曲がらず、考えごとにふけっていた結果だ。

この辺りは、街の外からやって来た人間と街の人間とが入り交じっている区画でもあった。市が立つ中央広場ほどではないが、広々とした道の両脇には、外部からの訪問者を狙った露店なども立ち並んでいる。行き交う人の数も多い。

「兄ちゃん、良かったら買ってかないかい？」

呼びこみの言葉を断り、人混みの中で、ハルは踵《きびす》を返した。

内心、自分にあきれていた。

今日はちょっと、どうかしている。

母の日。

スウィたちに面と向かって言われたことで、かえって意識してしまったのだろうか。

感謝の気持ちをちゃんと伝えるのは、大事なことだとハルも思う。とはいえ、花を渡すなんて、どう考えても自分の柄じゃないとも思ってしまうのだ。

ただ、その時、ついさっき聞いたカリフの言葉がハルの頭をよぎった。

『ついでに、美味しい料理でもごちそうしてやんな』

ついで……ついで、か。


「わあ！」

食卓を前に、サラが目を輝かせた。

テーブルの上に置かれた丸い皿には、湯気の上がる料理が載せられている。香ばしく炒めたチキンライスを、薄く伸ばした卵で包んだオムライス。卵の上から、じっくり煮こんだデミグラスソースをかけてある。サラの大好物だった。

「デミグラスソース・オムライス！　すごい！　美味しそう！　急に料理当番を代わりた

いって言うから何事かと思えば……でも今日、何かあったっけ？」

サラの言葉通り、今日の夕食の当番、本当はサラだった。わざわざハルの方から申し出て代わったのである。

――ついで。

そう、花を渡すついでに料理をごちそうするのではなく、料理をふるまうついでに花を渡すために。

その計画は半ばうまくいった。

ただし、あくまで半分だけだ。

サラの反応はある意味、ハルの予想通りだった。そして、そのことがハルを躊躇《ちゅうちょ》させた。

今日は母の日。

物知りのサラがそれを知らないはずがない。にもかかわらず、目の前の料理や、ハルがわざわざ料理当番を代わったことが、サラの頭の中で母の日と結びついていない。

それはつまり、サラがハルを息子とは認識していないということでもあるのだろう。少なくとも、ハルはそう思った。そして、そのことについてはハルも別にショックではない。ハル自身も、サラが母親かとたずねられたら、違うと答えてしまいそうになるのだから。

とはいえ、そうなると、ハルはいま、自分が後ろ手に隠しているカーネーションの扱いに困ってしまうのだった。

目の前のオムライスに喜ぶサラは、母の日をまったく意識していない。

ならば、そこにいきなりカーネションを差し出すのは、あまりに照れ臭いではないか。これは全て母の日の贈り物です、あなたは私の大切なお母さんです、と全身全霊で訴えているみたいで。

「ハル？」

「え……いや」

悩んだ末、ハルが選んだ答えはそれだった。

「別に何かあるってわけじゃや。俺が食べたかっただけだから」

「そう？」

「そうだよ。……あ、スープもあるから。いま持ってくる」

チャンスはそれで失われてしまった。

結局、サラは自分のために用意されたオムライスをほくほく顔で食べ、そして、ハルはというと、少し吐息まじりに同じものを若い胃袋に収めたのである。

「はあ……」

夕食を終え、自分の部屋に戻ると、ハルは今度こそ大きくため息をついた。

自分の度胸のなさが嫌になる。

考えてみると、いちいち気にするようなことでもなかったのではないか。

確かにサラは血の繋がった母親ではないが、だからといって、育ててくれた恩人であることには変わりないのだ。母の日だろうが何だろうが、感謝して花を渡すくらい、いつでもやっていい。なのに自分ときたら、妙な体裁ばかり気にして――まあ、オムライスをサラが喜んでくれたことだけは良かったが。

「お前も……ごめんな。今日みたいな日は、お前の晴れ舞台なのに」

そうつぶやいて、ハルは結局サラに渡せなかったカーネーションを、自分の部屋の窓辺に飾った。

「にゃあ」

不意の声は、飼い猫のテトだった。最初からハルの部屋にいたのか。それともハルについて部屋に入ってきたのか。それは分からなかったが、とにかくテトはしなやかな動作でサイドテーブルの上に飛び乗ると、椅子に座ったハルのことを、銀の瞳でジトッと見上げてきた。「落ちこんでんの？」とでも問いかけているようだった。

「違うよ」

と、ハルは手を伸ばしてテトの頭を撫《な》で、それから窓辺のカーネーションに改めて目をやった。花瓶に挿した一輪の花。夜光花ではないから、夜、自分で光ることはない。それでも、外からの月光を浴びて、かすかに花びらを輝かせている。

瞳にその可憐《かれん》な花を映して、ハルは小さくつぶやいた。

「いつか、ちゃんと言えるかな……」

感謝の言葉。

さすがに、このカーネーションが咲いている間は無理かもしれない。こういうことは一度チャンスを逃すと、なかなか次の機会は巡ってこない。

けど、大丈夫か、とハルは思い直した。

焦るようなことではない。

サラと自分はいまこの家で暮らしていて、そして、この先も一緒の時間を過ごしていく。

感謝を伝えることはいつでもできるはずだった。

そう。

いつでも。

interlude 5 ベナの告解

数年にわたる研究の末、あの夜の失敗の原因はほぼ突き止められた。

端的に言えば、それは時間経過による接合点の劣化だった。

ネモラの肉体は魂との接合を失って久しい。長いこと放置され、変形してしまった組み木の人形は、結合部分が歪《ゆが》んでしまい、元の形に戻せないことがある。ネモラの体はそれと同じだった。つまり、ごく普通の鎖《くさり》で肉体と魂を繋《つな》げようとしても、肉体の接合点の劣化がひどすぎて、うまくいかないのだ。無理に鎖をはめようとすれば、肉体が鎖を拒絶し、鎖が壊れる。あの晩、私が男の子から奪った鎖をはめようとした時、砕けてしまったように。


「どうしたらいいの……？」

私は途方に暮れた。

劣化した肉体の接合点を再生させる？

いや、人体の生物学的機能を回復させる方法はあるが、鎖との接合点を再生する方法はない。となると、鎖の方を強化するしかないか？　歪んだ接合点に無理やりねじこんでも壊れず、頑強にはまるように。しかし、一体どうやって？

私はこの数十年で自らの書庫に溜《た》めこんだ書物を片っ端から洗い直した。さらに、様々なルートを使って新たな文献も集めた。

かつて私を導いてくれたレッドの本にはもう頼れなかった。あの本には鎖の強化法など書かれていなかったからだ。むしろ、死者の魂や体を扱う本式の死霊術《ネクロマンシー》の方に活路はありそうだった。そして、私のその判断は正しかった。

私は、とある死霊術《ネクロマンシー》について書かれた書物の中に、人工的に作られた鎖について言及している箇所を見つけた。

普通の人間のそれよりずっと強固で、死んでから時間が経過した死体にも用いることのできる擬似的な鎖。

ただ、書かれていたのは、あくまでも可能性の話だった。当たり前だ。擬似的なものとはいえ、鎖を人の手で作る——それはもはや生命の創成に等しく、魔術師というより神の所業に近い。そんな神秘の魔法について解説を記した本など存在せず、まして成功例などあろうはずもない。

だが、私には他にすがるものがなかった。

絶望的なことであるのは分かっている。この先、一生をかけても、もう一歩も前に進めないかもしれない。

それでもやるしかない。

私は自らの手で強固な鎖を作る研究を始めた。


さらに五年が過ぎた。

その間、私が他の人間から鎖を奪うことはなかった。必要がなかったからである。生きている人間の鎖はもうネモラの役に立たない。私が他人から鎖を奪ったのは、あの顔に傷跡がある男の子が最後になった。

人工的な鎖の研究は、まったく進まなかった。

無論、最初から予測していたことではある。

が、それでも停滞は私の心を暗くした。本当はもう無理なのではないか。頭の中で、そんなささやきがこだまする日々。希望の見えない未来に向かって歩き続けるのは、精神の摩耗《まもう》と常にセットなのだ。

ある日、私はハルハリーリの街を離れ、ウルガルズへ向かった。

特に切迫した理由があったわけではない。

言ってみれば、単なる気分転換だった。研究の一方、私は相変わらず魔術の家庭教師として生計を立てていた。ハルハリーリの街で魔法を教えている子の一人から、こんな話を聞いたのである。

「クレイシュっていうの。その食べ物」

「クレイシュ？」

「そう、船の形をしてるパンの中にね、ちょっと辛いソースが入ってて。それに、ガーリックソースがかかったチキンとレタスと卵が添えられてるの。すっごく美味《おい》しいのよ！」

「へえ」

「ウルガルズにしか売ってないんだって。先生もウルガルズに行くことがあったら、食べてみてよ。絶対美味しいから」

　普段の私なら、そんな話、聞き流していただろう。

　だが、その時の私は、何の成果も得られない研究に疲れきっていたし、悲鳴をあげる心身がリフレッシュの時間を欲していた。現実逃避したがっていたと言ってもいい。また、私はかつてウルガルズの街で一人の少年の命を奪ったが、そのことは全く露見していなかった。街に行くこと自体には何の問題もない。

　家庭教師の仕事がない日を選んで、私はウルガルズへ出

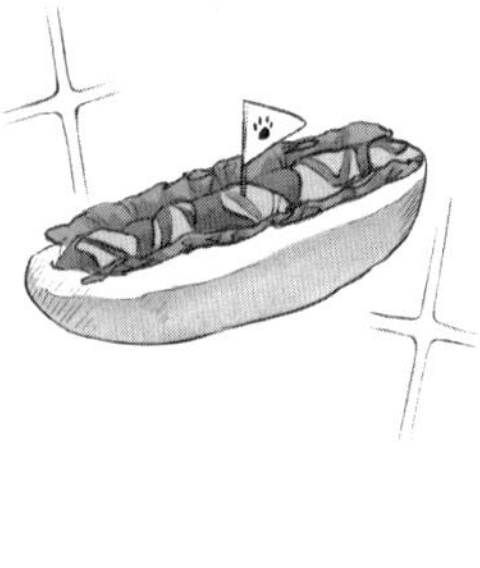

向いた。

ウルガルズの街に足を踏み入れるのは、久々だった。

魔術師ではない非術師《ひじゅつし》たちが多く住む街。

活気はハルハリーリの街より上だが、その分、雑多で耳障りな喧騒《けんそう》に包まれている。私は子どもの頃から人混みというものが苦手だった。しかし、気分を変えるという点では、ここも決して悪くない。ハルハリーリの街は大人しすぎて、静謐《せいひつ》がそのまま閉塞感に繋がることもあるからだ。

活気に満ちた街の空気を肌で感じながら、南門から街に入った私は、大通りを北へ歩いた。

家庭教師先の生徒が言っていたクレイシュとやらは、中央広場近くの飲食店で売られているらしい。

私は広場に向かったが、そこで少しまごついた。元々、街を歩き慣れていない私には、生徒からもらった簡単な地図があっても、目的の店を見つけるのが難しかった。

(誰かに場所を訊《き》いてみようか？)

行き交う街の人間に交じって道を歩きながら、そんなことを考える。

だが、その時だった。

私は信じられないものを見た。

「おっ、ハルじゃないか。今日もお使いか？」

「あ、いや。今日はお使いっていうか、自分の靴を買いに。最近きつくなってきたから」

「ははは。もう随分でかくなったと思ったのに、まだ成長してんのか。ルーナの店が値引きやってたぜ。今日は息子の誕生日なんで記念だとさ」

「ほんと？　じゃあ、行ってみようかな」

会話は別に聞き咎《とが》めるようなものではない。街の人間同士の、ごく当たり前の世間話。

しかし、近くの屋台の店主と言葉をかわしたその少年が、こちらに歩いてくるのを見て、私は心臓が止まるような思いに襲われた。

歳《とし》の頃は、十代半ばくらいか。

ぴんと伸びた背筋に、きびきびと動く足。着ている服も清潔で、そこだけ注目すると、育ちが悪いようには見えない。ただ、その印象をやや裏切っているものがあった。

少年の顔に残る、大きな傷跡。

はっきり言ってしまうと、私は少年の背格好にはそこまで見覚《みおぼ》えがなかった。あの日の晩、私たちがいた裏道は薄暗かったし、何よりあれから何年も経過している。覚えていたとしても、あの時の子がいまも同じ姿をしているはずがない。

だが、その傷跡だけは忘れていなかった。

忘れられるはずがないではないか。

私が鎖を奪った子……つまり、私がこの世でたった一人、命を奪った相手なのだから。

「…………」

驚愕《きょうがく》と動揺のあまり、私は身を隠すことさえ失念していた。もし、少年が私のことをわずかでも覚えていたら危なかっただろう。

けれど、少年は覚えていない様子だった。

私のことなど気にも留めず、横を通り過ぎていく。

(どうして、あの子が生きているの!?)

振り返った私はその背中を呆然《ぼうぜん》と見送ることしかできなかった。


翌日から、私は毎日のようにウルガルズへ出向くようになった。

初めて見かけた時、私は驚くばかりで少年を追いかけようともしなかった。思考停止していた頭が回り始めたのは、しばらく時間が経《た》った後だ。

いまから約九年前……いや、あと数日でもう十年になるか。

とにかく、あの夜、私は確かに少年の鎖を奪い、殺した。それは間違いない。

その少年がいまも生きている。なぜ?

「この間、うちで靴を買ってった子? ああ、ハルのこと?」

「ハル……」

「薬屋の子よ。けど、あなた、何でそんなことを聞くの？」

「あ、いえ――」

街の人間に聞きこみもしてみたが、こういうのは私に向いていない。あまり突っこんだ話は聞き出せなかった。

だから、私は自分に向いた方法をとることにした。

最初に少年を見かけた街の中央広場に、私は毎日根気よく通い続けた。そして、ある日とうとう、少年のことをまた見つけた。そこは広場に面した一角、乾燥させたキノコなどを売っている乾物店の店先だった。

「はい。いつもうちで買ってくれるから、今日はサービス！」

「そんな……いいって、別に」

「良かったな！　かーちゃん、喜ぶぞ」

買い物に来たらしい少年は、店員たちから赤いカーネーションを手渡されている。

「…………」

私は彼らの前に自分の姿を晒《さら》すことはしなかった。以前すれ違った時、少年は私のことを覚えていないように見えた。けれど、それはあくまで推測である。もしかすると、本当は覚えていて、あの時は気づかなかっただけかもしれない。

私は物陰から少年の姿をのぞき見た後で、持っていたカゴの中から、一匹の猫をそっと放した。

猫は、魔法と相性の良い生き物だ。

特に私にとっては昔からそうだった。

猫を放った後、私はすぐに近くの魔術通路《まじゅつつうろ》を使って街を離れ、森の作業小屋へ戻った。

そして、小屋の中に用意していた壺《つぼ》をのぞきこんだ。澄んだ水がたたえられた壺。その水面にあの少年の後ろ姿が映っている。これこそが私が猫にかけた魔法だった。魔法の効果が続く限り、あの猫は私の意のままに行動してくれるし、その目や耳は魔具でもあるこの壺とリンクしている。

猫の目を通して見る世界は、全体的に少しかすんでいた。

特に赤い色はまったく見えない。少年が乾物店の店員から貰《もら》ったカーネーションの花は赤かったが、花の形は見えても、色は壺の水に映らなかった。

少年は大通りを進んで街の南門の辺りまで行った後、そこから引き返してきた。特に南門

に用があったというわけではなく、単に道を間違えたようだった。

そうして、引き返す途中、少年は大通りから裏道に入ると、人気《ひとけ》のないその道をまっすぐ西へ向かった。

やがて、少年の目の前に大きな壁が現れた。少し手前にカーテンのような、重なり合った緑のツタが垂れ下がった壁。

おそらく、普通の人間の目には、それはただの壁に見えるだろう。

しかし、私が魔力をこめた猫の目には、その壁の本質がはっきりと「視《み》」えた。

「魔術通路の入口……」

壺の水面に映った猫の視界を注視しながら、私は低くつぶやいた。このつぶやきは、もちろん少年には届いていない。

壁の前まで歩いた少年は、ツタを払って、そのまま壁の中に入った。実際、それは異常な光景だった。あの壁がただの壁に見える人間は、壁の中には決して入れない。つまり、少年は私と同じく、その壁の本質が「視」えているのだ。だが、本当はそんなはずがない。少年が魔力を持たない非術師であることに、私はすでに気づいていた。非術師にあれは「視」えない。なのに、少年は「視」ている。この矛盾を解く答えはたった一つ。

誰かが、あれを少年にも「視」えるようにしたのだ――。

私は魔法をかけた猫をさらに追わせた。

少年のあとをたどり、魔術通路を抜けて、壁の先に出る。

視界が急に開けた。

やや陽《ひ》が傾いてきた空が見える。

その場所が空に浮かぶ島の上であることに、私はすぐに気づいた。

島には広々とした庭があり、一軒の家が建てられていた。少年は玄関の扉を開け、家の中に入っていく。

「ただいま」

「おかえり、ハル」

家の中から少年を迎える声が、私が操る猫の耳にも聞こえた。ただ、その先は玄関の扉が閉まり、よく聞こえなくなってしまった。

私は猫を家の窓近くに移動させた。

そうして中の様子をのぞくと、二人の会話がまた聞こえてきた。

「さーて、夕食はどうしようかな？」

「あ、今晩は俺が作るよ、サラ」

「えっ？　今日は私の当番でしょ？　いいの？」

「いいよ。任せて」

「ほんとに？　じゃあ、せっかくだし、お言葉に甘えさせてもらおうかな」

楽しげに続く会話。

それでいて、少年はあのカーネーションを目の前の相手に差し出すことはしなかった。買い物袋の陰に隠している。ウルガルズでは今日が母の日であることを思えば、その花は少年が自分で観賞するためのものではなく、プレゼント用だろうに。

「…………」

私は無言だった。

驚きで言葉を失っていた……わけではない。

本音をぶちまけてしまうなら、ほとんど予想していたからだ。

考えてみれば、それしかありえなかった。

鎖を奪われて一度死んだはずの少年が生きている。

可能性は二つだけ。

誰か別の人間の鎖が少年に与えられたか。

それとも、誰かが少年と鎖を共有したか。

どちらにしても、そんな真似《まね》は魔法を使える魔術師にしかできない。そして、魔術師にとっても、それは決して簡単なことではない。私はそのことを誰よりも知っている。魔術師の街と言われるハルハリーリでさえ､可能な知識と力の両方を保持している魔術師など、ほとんどいないだろう。まして、魔法に疎《うと》い非術師だらけのウルガルズでそんなことができる者など、私の知る限り、たった一人しかいない。

「何か食べたいものある？」

「美味しいものなら、何でも！」

「そういう、ふわっとした注文が一番困るんだけど……」

「あはは。まあ、ハルの作るものはどれも美味しいから、何でも大丈夫って意味よ。ほんと、上達したわよね、料理」

「そ、そうかな」

二人の明るい会話がまだ続いている。

少年は花を隠したまま。

そんな少年の前で、彼女は楽しそうに笑っていた。閉ざされたその左目。もちろん、私がそうであるように、昔のままの姿ではない。けれど、面影は確かに残っていた。

長い沈黙を破って、私は唇を開いた。

「……おかしいとはずっと思ってたのよ。あの子はあの時、間違いなく死んだ。なのに、私のやったことは全然騒ぎにならなかった」

治安の悪いウルガルズでは、ストリートチルドレンの死体など珍しくもない――。

あるいはそういうことなのかと私は考えていた。あの子の死体を誰かが見つけていたとしても、身寄りのない子どもだったから、その辺に遺棄され、忘れられ、事件にすらならなかったのか、と。

だが、真実はまったく違っていたのだ。

「あの夜、私が感じた誰かの気配……あれはあなただったのね、サラ」

そう。

どんな偶然だったのか。

あそこにサラはいた。

そして、私がやったことも見ていた。その上で、一度は死んだはずのあの少年をサラは生き返らせた。

サラが他の誰かの鎖を奪って少年に与えたとは思えない。きっと、サラ自身の鎖を少年と共有したのだろう。私が以前、自分の魔力では不可能だとあきらめた方法。けれど、サラなら多分できる。少なくとも、あの時の少年の状態なら。

「死者の蘇生《そせい》……。でも、サラ。あなた、私に言ったはずよね。死んだ人間はちゃんと死ぬべきだと。あの子は死んだのよ？　ネモと同じように。なのに、どうしてあの子を助けたの？」

かつて私は、ネモラを死なせたサラの決断は間違いだと思った。ただ、そう思う一方でサラの決断を受け入れなかったわけではなかった。サラと私は違う。考え方も、ネモラに対する情も責任も。

ならば、選ぶ道が違っても、それは仕方がない。

そう考え、自分自身を納得させてもいた。

だが、これは何だ……？

いま、猫の見る世界を浮かび上がらせた壺の水面には、少年の前で笑うサラの姿が映っていた。

何より、その開いた右目に浮かぶ柔らかな表情が、私に血が逆流するような怒りを抱かせた。

少年はサラのことを母とは呼んでいなかった。しかし、少年に向けるサラの目は間違いなく「親」のそれだった。少なくとも、私にはそうとしか見えなかった。

つまり、だ。

サラは、昔、自分自身が口にした「死んだ人間は、ちゃんと死ぬべき」という言葉をあっさりとひっくり返し、こんな家族ごっこをずっと楽しんできたのだ。

何年も何年も、ずっと。

自分が殺したネモラのことなど、古びた衣を脱ぎ捨てるがごとく、記憶の彼方に追いやっておいて。

あの日、あんな言葉一つで、ネモラを殺した言い訳をしておきながら。

あんな言葉で、ネモラと私を裏切っておきながらっ！

「じゃ、できたら呼ぶから」

「はーい。楽しみにしてるね」

少年と言葉をかわしたサラが部屋を出ていく。

その笑顔から目を離せないまま、私は両の拳を握り締めた。伸ばした爪の先で手の皮が破れ、血が噴き出すのを感じた。だが、痛みはまったく覚えなかった。

私の心に渦巻いていた感情は、たった一つだけだ。

……許せない。

いいや。

絶対に許さない！

五章　サクラサク

1

一雨ごとに木々の緑が濃さを増していく季節である。

母の日から三日後、ハルはウルガルズの街で開かれたバザーに足を運んだ。

目的は主に古本市だった。二ヶ月に一度、ウルガルズの中央広場で開催されるバザーでは、街の内外から集められた古本も並べられる。たまに掘り出し物が出品されていることもあり、本好きのハルとしては見逃せないイベントだった。

「ほう。薬屋の兄ちゃんは、天文学にも興味あるのかい？」

「あ、はい。星を見たりするの、結構好きなんで」

「ふむふむ。それじゃ、この本なんかどうだ？　黄金の国の古星術師が書いた、流星群に関する本でな」

昨日の雨もすっかりあがって、街の空は晴れ渡っている。

趣味の合いそうな古本を三冊ほど手に入れた後、ハルはついでに市場にも立ち寄り、必要な食料品を買いこんでから、広場を出ようとした。が、そこで、声をかけられた。

「よおっ、ハル」

いつもの乾物店だった。

店の前を掃除していたカリフが手を振っている。

「今日は寄ってかねーのか？」

「ああ、ごめん。今日はバザーが一番の目当てだったから」

近づいていってハルが答えると、カリフは「いいっていいって」と笑った。

「それより、かーちゃん、喜んでたか？　花、渡したんだろ？」

これにはすぐ言葉を返せなかった。

ハルが返答に迷っていると、店先で商品を並べていた姉のスウィも口を挟んできた。

「うちは渡したら、感動して泣いちゃってさー。ま、毎年こうなんだけどね」

「かーちゃん、感激屋なんだよな」

屈託のない姉弟の話を聞いていると、ハルは少しいたたまれなくなった。

せっかく貰《もら》った花をちゃんと渡せなかったというのもある。

二人のように本当の母親が相手だったら素直に渡せたのだろうか、という複雑な思いが胸をよぎったせいもある。

「じゃ、また」

「おう。またな、ハル」

「気をつけて帰りなよ」

結局、そそくさと店の前から立ち去ることしかできなかった。

ウルガルズの街は基本的に平坦な土地の上に街が形成され、多くの建物が並んでいる。しかし、だからといって、全ての区画で高低差がまったくないわけではない。

大通りから裏道に入り、そこにある少し長めの階段を上りながら、ハルはぼんやりと、さっきのことを思い返していた。

いや、正確には三日前のことを、と言うべきかもしれなかった。

（やっぱり失敗だったかなあ）

しかし、三日前のあの瞬間に戻って、一からやり直したとしてもである。

結局、自分はサラに花を渡せていなかったのではないか？

そんな気もハルはするのだった。こういうことは本当にタイミングが難しい。次にチャンスが来るのはいつになるやら——。

「……っ」

その時、階段を上っていたハルの手の甲に、小さく痛みが走った。

何かに引っかかれたような痛み。ハルが振り向くと、隣を一人の女性が通り過ぎていくところだった。考えごとをしていたせいで、その女性が階段を下りてくるのにハルは気づかなかった。女性は手に七、八本くらいのバラの花束を持っている。どうやら、あれのトゲが自分の手の甲を傷つけたらしい。見ると、皮膚が少し破れ、血が流れていた。

階段を下りていく女性の方は、ハルのことを振り返りもしなかった。後ろ姿しか分からないが、黒髪のすらりとした女性だ。

「なんだよ……」

少し腹が立ったが、「まあ、仕方ないか」とハルはすぐに思い直した。多分、相手はこちらを怪我《けが》させたことに気づかなかったのだろう。ぼんやりしていた自分も悪い。それに大した怪我でもない。

女性が階段を下り、その背中がやがて道の角を曲がって消えた。

ハルは肩をすくめてそれを見送り、改めて家路についた。

いつもの壁から魔術通路《まじゅつつうろ》を使って浮島《うきしま》に戻る頃には、血も止まっていた。

家の中に入り、ハルは買ってきた食料品をキッチンの貯蔵庫に仕舞った。今日の夕食当番はハルだった。ただ、朝にシチューを作り置きしておいたから、特にあわただしく準備する必要もない。

着ていたベストを脱いで、ハルは庭に出た。

陽《ひ》が落ちるまで、今日はバザーで手に入れた本を庭で読もう。

そう考えたのだった。

魔術通路を抜け、浮島の地面を踏んだサラの手の中に、一輪の花があった。

時間は、ハルがウルガルズの街から浮島に戻ってくるより前。

昼すぎのことである。

サラが持っている花は普通の花ではなかった。夜光花《やこうか》だ。名はパラジニア。

昔は大好きだったが、いまのサラはこの花が苦手だった。否応なく、辛い過去を思い出させる花だからである。ただ、その日に限ってこの花を見たくなったのは、朝方、仕事部屋の片付けをしていた時に、昔の自分たちで撮ったあの写真にふと目を奪われたからだった。懐かしい記憶。確かに辛いことばかり思い出しがちだが、だからといって、温かな思い出が残っていないわけではない。特に魔法学校の植物園であの写真を撮った時のことなどは。

苦手なだけに、サラは普段、自分が住む浮島でパラジニアを育てていなかった。

といって、夜光花であるこの花はウルガルズの花屋には置いていない。

午前のうちに魔術通路を使い、サラはハルハリーリの街に向かった。知人の魔術師が営むハルハリーリの花屋でパラジニアを買い、そして、たったいま浮島に帰ってきたというわけである。

晴れた空の下で見るパラジニアは、夜に光って輝くそれとはまた違った美しさがあった。

手に持った花の香りを鼻孔に含ませながら、サラは家の玄関に向かった。

ただ、そこでサラは家の窓越しに見える、あるものに気づいて、足を止めた。

二階にあるハルの部屋の窓辺だ。

少ししなびて枯れかけた赤い花が花瓶に活《い》けてある。

「？　珍しいわね。ハルが部屋に花を飾るなんて」

窓の下に近寄ってよく見ると、その花は、

「カーネーション？」

誰かに貰ったのだろうか？

しかし、首をかしげたところで、ようやくサラは気づいた。

そういえば、三日前だったか。

ハルの様子がどこかおかしかった。

急に食事当番を代わると言い出したかと思えば、サラの大好物のデミグラスソース・オムラ

イスを作ってくれて。そのくせ、夕食の間、ずっとそわそわしていて。

サラも少し気にはなっていたのだが、あの時は理由が分からなかった。だが、いま、やっとハルの行動の意味が分かったような気がサラはした。

三日前といえば、ウルガルズでは母の日。

食事当番を代わってくれたことも、あのオムライスも、ハルなりのサラへのプレゼントのつもりだったのだろう。しかし、ハルはサラに面と向かって「母の日だから」とは言わなかった。照れ臭かったのか。それとも、サラが血縁の母親ではないからか。いずれにしても、その意味を赤裸々に伝えてしまう、あのカーネーションを用意こそしたが、結局サラに渡しそびれて、ああして自分の部屋に飾ることにしたのではないだろうか。

（そっか……）

今度は声には出さず、サラは心の中だけでつぶやいた。

正直なところ、ハルのその気持ちを、サラは母親としては受け取れない。

ハルの母親は別にちゃんといる。いや、いた。その大事なものを侵すことはしない。

最初に決めていたことである。

ただ、それはそれとして、ハルが感謝の気持ちを形にして自分に伝えようとしてくれたことが、決して嬉《うれ》しくないわけではなかった。嬉しくないどころか、本心を言えば、三日前の晩以上に大はしゃぎしてしまいそうなほどだ。

（ありがとう）

一度まぶたを閉じ、心の中でその言葉をハルに告げてから、サラは足の向きを変え、家の中に入った。

二階にある自分の仕事部屋に戻ると、サラは買ってきたパラジニアを机の上に飾った。

あの写真立ても、その横に並べる。

すると、家の外で、魔術通路が再び使われる気配がした。窓から外を見ると、ハルだった。街から戻ったらしい。気に入った本は見つかっただろうか。

「さて。仕事、仕事」

そう言って、サラはぱんと両手で自分の頬を叩《たた》き、調合器具を仕舞った棚に手を伸ばした。


夕方まで、サラは薬の調合に没頭した。

午前中から昼にかけて私的なことに時間を使ったせいで、今日は作業がやや遅れている。といっても、深刻なものではない。夕食のあと、少し仕事の時間を延ばせば、十分取り返せるだろう。

この季節は陽が長い。

窓から差しこむ陽光は少し赤みを帯びていたが、外はまだ明るかった。

作業が一段落したところで、サラは一階のキッチンへ行き、コーヒーを淹れた。

家の中にハルの姿はなかった。

どうやら、まだ庭で本を読んでいるようだ。

「あの読書好き、誰に似たのかしらね」

苦笑しながら、サラはコーヒーカップを持って部屋に戻った。

カップのコーヒーを口に含ませながら、出来上がった薬に付ける注意書き用のカードを取り出そうとする。

だが、その刹那――。

「っ!?」

サラの手から、コーヒーカップが滑り落ちた。

ガチャンという音と共に床に落ち、縁が欠け、床に焦げ茶色の液体をぶちまけるカップ。

「な……」

手元を誤ったわけではない。

もちろん、わざと落としたのでもない。

サラの胸に激痛が走った。

胸がきりきりと締め上げられ、その圧迫感が顎《あご》の下まで這《は》いあがってくるような、そんな激しい痛み。

同時に、サラは自分の腹の底におそろしく冷えた感触を覚えた。例えて言うなら、突然、氷河の欠片《かけら》でも胃の下に押し当てられたかのような。どっと背中に冷や汗が噴き出す。それが何なのか、サラはすぐに気づいた。

これは……恐怖だ。

死に至る病の中には、発作が起きた瞬間、人間に根源的な恐怖を覚えさせるものがあるという。

自分自身が致命的なダメージを負いつつあるその状況で、脳が理屈ではなく本能で感じ取るのかもしれない。これは本当にまずい、放っておいたら、自分は間違いなく死ぬぞ、と。そう。

それは死への恐怖だった。人の誰もが逃れられない、原始的な恐怖心。発作が起きた患者は、自分の身に何が起きたのか分からなかったとしても、その恐怖だけは感じ取ることがある。

まして、サラは医学の知識を持つ薬師であり、神秘の世界にも片足を突っこんだ魔術師であった。

激痛の中、サラはとっさに魔力をこめた目で、痛む自分の胸を「視《み》」た。

半ば予想したものがそこにあった。

普段であれば、静かに赤い光をたたえ、ゆっくりと砂時計の容器の中で砂が落ちていた、サラ自身の鎖《くさり》。

しかし、いま、その鎖から放たれる光がひどく弱まっていた。それどころか、鎖の要である容器にはヒビさえ入っている。

(いや……原因は身体じゃない!)

即座にサラは診断を下した。

胸の痛みはあくまでも副産物だった。というより、そもそも、サラの体自体はどこも損傷していない。病気でもないし、発作も起きていない。サラの目にはそれがちゃんと「視」える。しかし、その胸は激しく痛み、死への恐怖が全身を襲っている。つまり、全ての原因が集中しているのは、サラの肉体ではなく、そこだ。魂と肉体を繋《つな》ぐ、人間の命の急所とも言うべき鎖。

「ま……さか」

その先はほとんど直感だった。

「ハル!」

自分の体に何も異変が起きていないとすれば。

何かが起きたのは、自分と鎖を共有しているハルの方だ。

痛みと恐怖に耐え、足をもつれさせながらも、必死で階段を下りた。

廊下の壁に寄りかかり、ずるずると前に進む。

玄関に置いた傘立てのすぐそばの壁には、少し大きめの鏡がかけてある。

その鏡にサラ自身の姿が映った。

「！」

額の一部が茶色く変色しかけていた。なめらかな肌が失われ、代わりにごつごつとした木の皮が額の表面を覆いつつある。

「寄生樹……！」

だが、いまはとにかくハルを見つけるのが先だ。

よろめきつつも、サラは何とか玄関の扉を開け、外に出た。

空が赤かった。

ついさっきまで昼のそれと大して変わらなかった頭上の空。それがいまは夕焼けに染まり、一部はもう暗い夜空へ変わりつつある。

「ハル……！」

懸命に名を呼んだ。が、返事はない。

一瞬、ふらりとめまいを覚えた。視界がかすむ。薄暗い庭の様子がよく見えない。遠のきかける意識をかろうじて引き戻し、サラは目をこらす。

それで、やっと見つけることができた。

「ハル！」

庭の中央で、ハルが倒れていた。

その手は自分の胸をおさえ、体は小刻みに震えている。いや、あれは悶《もだ》え苦しんでいると言っていい。

這うようにして、サラはハルのそばに近寄った。

ともすれば乱れそうになる意識をかろうじて集中させ、サラは自分の目に魔力をこめてハルを「視」た。ハルの唇は紫色になっていた。チアノーゼの症状だ。呼吸停止状態になっている。気道が何かでふさがれているのかもしれない。とっさに、サラは応急処置の治癒魔法を唱えた。

「――アニルゲセア！」

だが、呪文を唱え終わるのとほぼ同時に、

「え……そんなっ？」

サラの口から驚愕《きょうがく》の声が漏れ出た。

確かに魔法は発動したはずだった。しかし、かざしたサラの手から、その効果がハルの体に及ぶ寸前、魔法の波動が遮断されてしまったのだ。まるで、重く冷えた鋼の壁に魔法が弾《はじ》かれでもしたかのように。

そして、サラの目がそれを感知した。

目の前で苦しむハルの全身。

その体の内を通る血管や神経の網に、何か黒く禍々《まがまが》しいものがこびりついている。……神経毒。胸に押し当てられたハルの手の甲に、真新しい切り傷があった。ひょっとして、この傷から入った毒だろうか。だが、これは単なる毒ではない。たったいまサラの治癒魔法は完全に効力を奪われた。抗魔法の力を持つ神経毒？　そんなもの、サラの知る限り一つしかない。

バーメット。

その名を持つ夜光花から抽出される毒。

そして、そのことは別の事実をも暗示している。

夜光花の毒など、ウルガルズの街には存在しない。というより、ウルガルズに住む非術《ひじゅつ》師《し》たちはこの毒のことを知らないし、当然、扱えない。逆にハルはといえば、サラの教えを受けて、この毒のことも多少は知っている。誤って毒を吸引することなど、まずありえない。つまりだ。

この毒は誰か別の人間がハルに盛ったもの。

そして、その誰かは間違いなく非術師ではなく、魔術師。

でも、なぜ、魔術師がハルに毒を……と考えたところで、サラは自身の胸の痛みに歯を食いしばりながら「いや、違う」と思い直した。

ハルではない。

本当の狙いはおそらく自分だ。

いまのハルに自分以外の魔術師との接点などないし、そもそも、ハルは誰かに毒を盛られるほど恨まれるような子でもない。しかし、一方でハルを害することは、サラを害することにも繋がる。

約十年ほど前の夜の出来事。

サラは魔法でハルと鎖を共有した。一度共有した鎖は二度と外せない。ハルがサラと共有している鎖が破壊されれば、ハルと一緒にサラも死ぬ。つまり、この毒をハルに盛った相手は、サラとハルが鎖を共有していることも知っている？

そんな知識があって、かつ、自分のことを殺してやりたいと強く思うほどに恨んでいる魔術師――。

「っ！」

その瞬間、サラは右目を大きく見開いた。

他に心当たりはなかった。

「ベナ……」

その名をつぶやいたサラの声は、確かに震えていた。

実のところ、サラもいままで一度も考えなかったわけではなかった。あの晩、ベナの手で鎖を奪われたハルを、サラは自身の鎖を共有することで救った。もし、それをベナが知ったら、ベナはどう思うだろう、と。

『死んだ人間は、ちゃんと死ぬべきなのよ』

昔、サラはそんな言葉でネモラを死なせた自分の行為を正当化し、ベナに別れを告げた。けれど、そう言ったサラ自身は数十年後、その手で死んだはずのハルを生き返らせた。無論、それはベナを殺人犯になどしたくないという想《おも》いと、巻きこまれて死んだハルに対する責任感が一番の理由だったわけだが、当のベナがそれを理解してくれるとは限らない。魔法学校に通っていた頃、親しくしてくれた学校の先生も言っていたではないか。「自分では正しいことを行ったつもりでも、見る者の心が違っていれば、その姿は歪《ゆが》んで映る」と。

もし、ベナがサラの姿を歪んでとらえたとしたら、彼女は何を思うか。

ハルは助けたのに、友人のネモラは見捨てたサラのことを、唾棄《だき》すべき裏切り者と断じるのではないだろうか……。

「…………」

またしても、後悔がサラの全身を襲っていた。自分の人生は結局いつもこうだ。後悔、後悔、また後悔。その繰り返し。そして、いままでの後悔がそうだったように、この後悔もおそらく取り返しがつかない。

「……ねえ、ネモ」

と、サラはベナにではなく、かつて自分がその手にかけたネモラに向かって、問いかけた。

「あの時、私は何て言えば良かったの？　どうすれば良かったの？」

答えは返ってこない。

サラの目の前で、ハルの体の震えが止まりつつあった。

無論、それは毒の効果が薄れていることを意味するのではない。逆だ。サラの目にはそれが「視」えている。

ハルの胸の上にある鎖。

砂時計から赤い輝きが完全に失《う》せ、容器に入ったヒビは決定的なものになっていた。ハルの鎖が割れるということは、サラの鎖もまた同じように割れつつあるということだ。そして、サラにはそれをどうすることもできない。バーメットの毒はサラの魔法を拒む。これを解毒するには、魔法ではなく、調合した特殊な薬品がいる。あるいは、常日頃のサラならそれを用意することもできたかもしれない。けれど、もう無理だった。

すでにサラの両足はまともに動かなくなっていた。

足のくるぶしから下が、寄生樹の木肌に覆われつつある。

割れた砂時計の中から、砂がこぼれていく。

命がこぼれ落ちていく。

ハルとサラ、二人があの日から、共にゆっくりと育んできた命が――。

ついに、サラは効果のない治癒魔法を使うのをやめた。

そうして、まだ動く上半身を何とか伸ばし、そっとハルの体を抱きしめた。

2

最初は、あのハルと呼ばれていた少年の鎖をもう一度奪って、ネモラの蘇生《そせい》の研究に生かすことも考えた。

けれど、ネモラの蘇生には人工の強固な鎖が必要であり、いまさら普通の人間の鎖を奪ったところで大して役に立たない。第一、これは研究などではない。

復讐《ふくしゅう》であり、断罪なのだ。

（バーメットの毒を使う）

最終的にベナが下した決断はそれだった。

あの少年とサラは、サラがかけた魔法によって鎖を共有している。

その鎖を破壊し、魔法を解く。そうすれば、少年もサラも死ぬ。サラがネモラを殺した時と同じように、バーメットの毒によって。

ただ、ベナはバーメット薬をそのまま使用するつもりはなかった。

というのも、バーメットの毒の主成分であるアコンは、どちらかといえば速効性の物質なのである。毒が体内に入った人間は、すぐに効き目があらわれて死ぬ。しかし、それでは意味がない。

（サラにあの子の死ぬところも、ちゃんと見せる……）

ベナは、とある魚の卵巣からテクスロキシンという物質を抽出した。

特殊なプランクトンを食べた魚の体内にのみ存在するこの物質には、アコンとの拮抗《きっこう》作用がある。この二つを組み合わせて、時間差をつけて効果が発現する遅効性の毒を作った。

出来上がった毒は、用意したバラのトゲに染みこませた。

これでタイミングを見計らい、ウルガルズの街であの少年を傷つける。

うまくいけば、帰宅した少年が死ぬところを、サラに見せつけてやれるかもしれない。

「…………」

そう思って、完成した毒のバラを見た時、ふとベナの胸に「あの少年は巻きこまれただけで、無関係だ」という想いがわいた。

けれど、ベナはすぐにその想いを封殺した。

なぜなら、それは結局、サラがあの少年を助けた理由と同じではないか、と思ったからだ。

あの晩、サラはベナのすることを見ていた。その上で少年を蘇生させたのは、自分たちのことで巻きこまれて死んだ少年が可哀《かわい》そうだとか、大方そんな理由だったのだろう。

しかし、その偽善こそがベナは許せなかった。

数十年前、ネモラのことは見殺しどころか、自分で毒を盛って殺したくせに、あの少年の前では善人面《づら》をして命を救う。しかも、いまや善人面から母親面に進化だ。あんなダブルスタンダード、絶対に認めない。きっと、ネモラも気持ちは同じだろうとベナは思う。

「死人はちゃんと死ぬべきなら、あなたの大切なあの少年も死ぬべきよね？　サラ」

そう。

サラに思い知らせなければならない。

自分が過去に何をしたのか。

その重みを。罪を。

だから、あの少年は死ぬしかなく。

少年の死は、サラに見せつけてやる必要があるのだ。

……訳が分からなかった。

買ってきた本を庭で読んでいたら、突然、胸が激しく痛み、息ができなくなった。立ち上がろうとしても、手足が痺《しび》れて立ち上がれなかった。

もがき苦しんでいると、聞き慣れた声が自分の名を呼んだ。

「ハル！」

サラだ。

こちらも体のどこかが壊れたような、おぼつかない足取りで、サラはハルのそばまでやってきた。

（サラ……俺、胸が……）

言葉にしようとして、ハルは気づいた。喉の奥から声が出ない。唇さえ、もうまともに動かない。

だが、それ以上にハルを混乱に陥れたのは、自分の横で膝《ひざ》をついたサラの姿だった。その顔の一部が変色し、肌が樹木のようになっている。いや、顔だけではない。サラの肩や背中からも、木の枝のようなものが伸び、それは着ていた衣服さえ突き破っていた。

（なんだ、これ……）

体に異変を感じているのは自分なのに、なぜ、サラまでこんなことになっている？

サラがハルの体に手をかざし、何かつぶやいていた。おそらく魔法だろう。けれど、ハルの体から痛みと痺れは消えない。

やがて、痺れが痛みすら呑《の》みこみ、体の感覚そのものがなくなった。目と耳だけはまだ生きている。しかし、自分の肉体の重みがまったく感じられない。

（死ぬんだろうか……）

半ば本能的にハルはそう思った。

何が起きたのかは、やはり全く分からなかった。それでも、死の予感は急速にハルへ迫った。あまりに突然すぎて、そのことに理不尽さを感じる暇さえない。

ただ、その瞬間、ハルの頭に浮かんだのは、三日前のことだった。

渡せなかったカーネーション。

言えなかった言葉。

死は終わりを告げる鐘だ。

もし、自分がいまここで死んでしまうのであれば――。

せめて、あの時、言えなかった言葉をサラにちゃんと言いたい。しかし、そう思っても、感覚をなくしたハルの体はまったく反応してくれない。

いつでも伝えられると思っていた。

感謝の言葉なんて、いつでも。

だから、それはいまじゃなくて、「いつか」でいいとも思っていた。

しかし、このままだと、その「いつか」は永遠に失われてしまう。

絶対に伝えたいのに。伝えなければいけないのに。

死への恐怖より、もどかしさのあまり、ハルは動かないはずの顎で歯ぎしりしそうになった。

その時、まだ生きていたハルの耳が、サラの声をとらえた。

「ねえ、ネモ……あの時、私は何て言えば良かったの？　どうすれば良かったの？」

ネモ？

誰のことだろう？

（いや……）

考えてみると、サラは昔からこうだった。

自分のことはあまり話さないし、何か色々なことを隠している。たとえば、あの時、なぜハルを拾って育てたのか、とか。そもそも、サラにとってハルの存在は何なのか、とか。

それもまた、いつか聞けたらいいと、ハルはこれまでずっと思っていた。しかし、そのいつかも死ねば失われてしまう。

サラがハルの体にかざしていた手を下ろした。

魔法がやんだ。

引きずるようにして上半身を寄せてきたサラが、弱々しい手つきでハルの体を抱きしめる。ハルの背中に触れる手。体温は伝わらない。そんな感覚はもうハルに残っていない。

（……ああ）

だが、それでもハルはサラの温かさを全身に感じた。

そうだ。

このぬくもりだ。

分からないことだらけだったけれど、この人は確かに自分を愛してくれていた。

慈しみ、育ててくれた。

ずっとずっと。あの日から。

だから、伝えたいと思ったのだ。

いままでの感謝も、未来への希望も決意も、変わらぬ愛情も。

万感の想いをこめて、たった一言。

ありがとう、と。

薄れゆく意識の中で、ハルは最後の力を振り絞り、自分を抱くサラのことを、同じように抱きしめようとした。

ほんの一瞬、感覚を失ったはずの手がぴくりと動く。

しかし、次の瞬間、その手は力なく地面に落ち、ハルの心も、そして、伝えたかった数文字の言葉も、全て闇に呑まれていった。


ハルの心臓が鼓動を止めた。

鎖は完全に壊れ、破壊された砂時計の容器に残された砂はもう数粒しか残っていない。

（最初は違った……）

急速に熱を失っていくその体を抱きしめ、サラはそんなことを思い出していた。

そう。

最初はあくまでも責任感と、ベナに殺人の罪を負わせたくないがために、ハルを生き返らせた。

その後、ハルを家に連れ帰って世話したのも、どちらかといえば、自分自身のためだった。

それがいつからだろう？

（この子のことが誰よりも愛《いと》しく、大切になったのは……）

シーノを亡くし、ネモラを手にかけ、ベナと決別したあの日から、長い間、サラは独りで生きてきた。

もちろん、その孤独はサラ自身が選んだことでもあった。過去の親しい人たちとの辛い別れと、自分自身が背負った罪。もうあんな想いはしたくないと思い、他者と深く関わることを避けるようになったのは当然とも言えた。しかし、自分で選んだからといって、孤独がサラに安らぎを与えてくれていたわけではない。

誰かを愛し、誰かに愛される。

それを願う心は、どれだけ自らに孤独を課したとしても、消え去ることはないのだろう。そして、そのサラの心が、あの夜、同じく独りぼっちで傷つき、泣いていた幼い男の子に触れた。

時間をかけて少しずつ育まれていった愛情。

たった一人の、かけがえのない存在。

サラはハルを産んだわけではない。

だが、育てたのだ。

(シーノ……)

懐かしい顔がサラの心の内に浮かんだ。

シーノも自分に対して同じように思ってくれていたのだろうか。だとしたら、最期、緒にいてあげられなかったことを、本当に申し訳なく思う。考えてみれば、自分はシーノより幸せな終わりを迎えようとしているのかもしれない。こうして、最後の時間をハルと共に過ごせているのだから。

しかし、そう思おうとしても、やはり無理だった。

（嫌だ……）

悔しい。

あまりにも悔しい。

いま、サラを包む想いはそれだけだった。

終わりが訪れるのはもっと先だと思っていた。

魔術師の寿命は非術師のそれよりずっと長い。いつか、ハルも大人になり、この手から巣立っていく日が来るのだろう。しかし、そうなったとしても、同じ世界で息をし、同じ鎖を胸に持って生きていく。そう、サラは考えていた。

それがわずか十年ほど。

最後がこんなにも早くやってくる。ちゃんと伝えていなかったこと、まだまだ教えてあげたかったこと、一緒にやりたかったこと。後から後からあふれてきて、胸が張り裂けそうになる。

『私は信じたい方、かな』

ふと、昔、自分自身が口にしたその言葉がサラの脳裏をよぎった。

人は死んだらどうなるのか。

死後の世界とも言うべき来世は本当にあるのか。

あるとしたら、自分はそこで再びハルと出会えるのだろうか。


「…………」

意識が混濁《こんだく》していく。

ハルと共に死ぬ瞬間が迫ってくる。

だが、そんな中にあって、ハルの体を抱いたまま、サラは自らの唇を動かしていた。

「――オーロ……」

呪文だった。

「――ミレクリム、エクセデレ、テンプス……」

治癒魔法ではない。

全ての始まりとも言える、あの魔法学校の隠された部屋で見つけたレッドの本。

あれには、旧世界と呼ばれる世界で死者と再会する魔法が記されていた。

もちろん、ここにはレッドの本に載っていた魔女の涙はない。そもそも、あんな大魔法、まともに発動させられるかどうかも定かではない。万全の準備をしていれば、まだ可能性はあったかもしれないが、いまのサラにはそんな時間も力も残されていない。

しかし、サラにはもうそれしかなかった。

ただ、ハルとまた会いたい。

この触れ合った心と心。

決して離したくない。

その想いだけで、消えゆく自らの命を必死に繋ぎとめ、魔法を紡《つむ》ぐ。

「――カルナティオン……」

最後の呪文を唱え終える。

その瞬間、サラとハルが横たわる地面に巨大な魔方陣が出現した。

白く清浄な光を放つ魔方陣。

それは物理的な熱さえ伴い、庭の芝生を焼いた。夕暮れ時の浮島の地面に確かな印を刻む。

しかし、サラの目がその魔方陣の輝きを見ることはなかった。すでに寄生樹はサラの右目の眼球さえも蝕《むしば》み、視界の全てを奪っていた。鎖が砕け散る。繋ぎとめていた命の砂がついに尽きる。

今際《いまわ》の際《きわ》、サラがわずかに感じたのは、自らが何かの穴に向かって吸いこまれていくような、不思議な感覚だった。

魔法は成功したのだろうか。

失敗したのだろうか。

それすらも確認できないまま、サラの意識もまた途絶える。

そして、その瞬間、サラの寄生樹はサラの魔力の全てを食らって、爆発的に成長した。


突如として、空に無数の花びらが舞った。

夕暮れ時の赤みを帯びた空を、あざやかに染め上げた薄桃色の花びら。

まるで、天上の世界から降りそそいできたかのようだった。

花びらの中央に、あのユシルの大樹ほどではないが、巨大な木がたたずんでいる。

空に浮かぶ島に突然出現したその巨樹の姿は、舞い散る花びらと共に、下から見上げるウルガルズの街の住人たちの目にもはっきりと映った。

「なんだ？　あの木？」

「サクラ……？」

そして、その意味もすぐに伝わった。

魔女と共に生きる街。

住人の多くは魔法のことなどほとんど知らないが、魔女や魔術師が死んだ時に起きる出来事だけは知っている。

あの大魔女ユシルが残した伝承によって。

「おい——まさか、あれって！」

「ま……魔女だ！　きっと魔女が死んだんだ！」

「ユシルが死んだ時と同じだ！　魔女が死んで木になった！」

「オーク樹の灰を持ってこい！　家の前にまかなきゃ、魔女の呪いが——」

以後、その木はウルガルズの人々から「浮島のサクラ樹《じゅ》」と呼ばれるようになる。

空の島に生えた木に近づくことすらできなかった街の人々は、憶測で様々な伝説を木にくっつけた。だが、木の本当の由来を知る者は街には一人もいない。

そうして、七年の歳月が流れた。

interlude 6
[redacted]の日記

—— 4月12日（日） 晴れ ——

入学して6日目。

この日記も6日目。

まだ続けてる私、すごくない？

今日は日曜だったけど、学校で部活体験会が開かれてたから、参加してきた。

中学からやってるし、美加と真衣にも誘われてるから、バレー部いいなと思うけど、ちょっとだけ迷い中。

学校の帰りは、またあの場所に足が向いてしまった。

校門の近く、クジ付きの自販機が置かれてるあの場所。

あの場所は——。

別に何もない。


でも、なんか飲み物はコンビニじゃなくて、あそこで買いたくなっちゃうんだよなあ。

なんでだろうね。

スーパーサイダーおいしかったけど、1人は少し寂しかった。遅咲きのサクラはきれいだったけど。

明日は部活、決めちゃおうかな。

interlude 7 ベナの告解

何故、そこへ足を運ぶ気になったのか。

理由を聞かれると、私も返答に迷う。

半分くらいは「何となく」が正解だったからだ。

ただ、きっかけはその花を見たからだった。

ウルガルズの浮島《うきしま》で、毎年、満開の花を咲かせるサクラの木。

サラの寄生樹。

要するに、私は七年前のあの春からずっと虚脱し、放心し続けていたのかもしれない。

どんな理由があったとしても、私はこの手でサラを殺した。この世でたった二人、自分が友達と呼んだ相手。そのうちの一人を。

忘却という名の癒《いや》しはこの身に訪れるはずもなく、そして、ある時、唐突に生まれた疑念だけが、私の中で日に日に膨れ上がっていった。

（間違っていたのは、本当にサラだったのか？）

（それとも――）

きっと、私はその答えを、心のどこかで知りたがっていたのだろう。

だから、そこへ向かった。

自分たちの始まりとも言える場所、ユシルの大樹の根元にある、その場所へ。


大樹の根で形成された地下洞窟のような道を抜けた先に、その遺跡はまだあった。

いや、遺跡という表現はおそらく正しくない。なぜなら、ここに転がる石くれの大半は、あの忌まわしいゴーレムの一部だったのだから。

数十年という時間は、私の記憶をかなり風化させていた。

ただ、それでも印象的だったものは、脳に焼きついているらしい。

頭上から差しこむ、温かな陽《ひ》の光。

周囲に生い茂る低木。

そして、正面に見える半ば朽ちかけたボロボロの階段。

どれも見覚えがある。

階段の先にあった大きな岩だけはない。そこはあのゴーレムの顔の部分。

「あれから、誰も訪れてない……？」

私は転がる石をよけて歩きながら、つぶやいた。

かつてもそうだったが、辺りはしんと静まり返っていた。

そして、その静けさが、ふと私を無意味な空想に誘《いざな》う。

もし、ネモラが死んだあの瞬間に戻れるとしたら——。

もちろん、私は軽率な行動を避け、ネモラを死なせたりしない。本当に無意味な空想だ。

だが、それがかなったら、どれほど素晴らしいか。サラは同じことを願ったりしなかったのだろうか。

ネモラを生き返らせるために必要な人工の鎖《くさり》の研究は、いまも全く進んでいなかった。

「ここね……」

正面の階段のすぐ近くまで、私はやって来た。

こうして改めて見ると、そこは広々とした場所だった。足の下にある石畳の隙間からは、雑草が伸び、かすかに風に揺れている。降り注ぐ陽の光は意外に強く、日頃あまり外に出ない私の肌をちりちり焼いた。

ネモラやサラが流した血の痕《あと》は、年月と共にほとんど消えたようだった。

ただ、サラが停止させたゴーレムの残骸は残っていた。地面に放置された、ごつごつとした岩の塊。岩にかけられていた魔法は完全に解除されている。ゴーレムとして再び動き出すことはあるまい。

岩の前で足を止め、私は辺りを見回した。

ここに立つとやはり、ネモラやサラとの思い出が潮騒のように私の胸に押し寄せてくる。

私はしばし、その場所でたたずんでいた。


やがて、頭上で陽が陰った。

物思いにふけっていた私は、もう一度、周囲に目をやった。

しんとした静寂だけがそこにある。

結局、答えは何も見つからなかった。

いや、そもそも、そんなものをこの場所に求めたこと自体、間違いだったのかもしれない。

私はかぶりを振り、岩の前から立ち去ろうとした。

が、その時だった。

辺りが少し暗くなったせいもあったのだろうか。

私は目の前にある岩と岩の間から、かすかに青い光が漏れ出ていることに気づいた。

何だろう？

腰をかがめ、岩の下をのぞきこむ。

そして、私は目を見張った。

「まさか……魔女の涙？」

そこに転がっていたのは、あの時、私が不用意に触れ、ゴーレムを起動させてしまった魔塊石《まかいせき》だった。

そうか。

思い返してみると、だ。

私やサラはこの石を持ち帰らなかった。あの時は何よりも傷ついたネモラの体を運ぶのが最優先だったし、その後も、ネモラの蘇生《そせい》法の研究で頭がいっぱいになって、この魔塊石のことはすっかり忘れていた。私もそうだったし、サラもおそらく似たようなものだったのだろう。それにしても、まだ、ここに残されたままだったとは。

少し迷ったが、私は岩の下に手を伸ばした。

ゴーレムを作り上げていた魔法は、サラによって完全に停止させられている。いまさらこの石に触ったところでおそらく危険はない。

伸ばした私の手が魔女の涙に触れる。石を拾い上げる。

瞬間、

「！」

私の体を光が包みこんだ。

石の輝きそのものが私に宿ったような、青く清らかな光だった。

そして、私は聞いた。

自分の耳で。その声を。

〝私を呼んだのは……ベナ？　あなたなの？〟

「ネモ!?」

さすがに私は愕然《がくぜん》とした。

それは確かにネモラの声だった。一瞬、幻聴かと私は疑った。だが、すぐに私はその疑いを自分自身で否定した。幻聴などではない。聞き間違えたりするものか。それは何年も、いや、何十年もずっと、私が聞きたかった声なのだから。

それに、この現象の原因ではないかと推測できるものも、私の手にはある。

「ひょっとして――」

私は、自分の手の中で光り続けている魔女の涙を見た。

ネモラの魂はいまも、私が作業小屋に安置した肉体の内に封じられている。ここにはいないはずだった。

だが、いま声だけでなく、ネモラの姿形さえ、影として私の前に現れようとしていた。

私の持つ魔女の涙が放った光によって、その姿が形作られたかのように。

幻覚などでは絶対ない。

考えられるとすれば、

〝その魔女の涙……恋人っていうより、大切に思ってる人と会うためのものだったみたいね。それも旧世界じゃなく、私たちがいるこの世界で〟

またネモラの声が聞こえた。

ネモラにも私が持っている石がちゃんと見えているようだった。

「ネモに会いたいと思ってる私が触れたから、あの時と違って、魔具としてのこの石の力が発動した……？」

〝他に考えられない。つまり、ベナ、あなたはそれだけ強く私のことを思ってくれているということ。いえ、ずっと想《おも》い続けてくれていたということ……だから、ごめんなさい〟

「そんな、ネモ――」

謝罪の言葉を聞いて、呆然《ぼうぜん》としていた私はハッと自分を取り戻した。

〝私はあの時、どうしてもベナには納得してもらえないと思って、サラに頼んだの。ベナには内緒で、サラの手で死なせて、って。私にはもう、それ以外のことが考えられなかった。でも、そのせいでベナ、あなたを何十年も苦しめることになってしまった……〟

「違うっ！」

私は叫んだ。

「私のせいでしょ!?　私がここで魔女の涙に触れたせいで、あなたはゴーレムに殺された。

私を守るために！」

そう。

死ぬべきだったのは私自身。

けれど、死んだのは、私を守ろうとしたネモラの方だった。

「私の代わりにあなたは死んだ……そんなこと、決して許されない！　だから、私はあなたを生き返らせなきゃいけない。あなたの代わりに生き残った私の命は、そのために使わなきゃいけない。いままでも、これからもそうして生きる。そうでもしなきゃ、私は――」

〝許されない？〟

続く私の言葉を、ネモラが引き取った。

〝ねえ、ベナ。それは誰に？　あなたは誰に許されたいの？　私？　それともあなた自身？誰があなたを許せば、あなたの気は済むの？〟

「！」

〝もうやめてよ……。私はあの時、私の意思であなたを守りたいと思った。守ることもできた。だからこそ、私は私が守ったあなたにそんな生き方をしてほしくない。許されれば満足？　なら、私はあなたをいくらでも許すわ。蘇生の魔法なんかいらない！　だって、あなたは私が守りたいと思った「友達」なんだから〟

言葉の最後、ネモラの声が不規則に揺れた。

音が乱れている。いや、私の目の前にいるネモラの影も揺らぎ、かすみつつある。あるいは、魔女の涙が引き起こしたこの一瞬の奇跡が終わろうとしているのかもしれない。

「ネモ……私、私は……」

〝ほら。もう行って〟

言いかける私の言葉をネモラが遮《さえぎ》った。

〝私は過去の人間。じきにこの場所からも消える。あなたはあなたの時間を生きて〟

その時、私は自分の背中に何かがふわりと触れるのを感じたような気がした。

そっと当てられた、誰かの手。

錯覚だったのかもしれない。

だが、最後に聞こえたネモラの声だけは、決して錯覚ではなかった。

〝ハル・フィリーシア！〟

自由にあれ。

そんな意味を持つ古代ソノーレ語だった。

そして、その言葉だけを残し、ネモラの声も気配も完全に世界から消えた。

「…………」

再び長い静寂の時間が過ぎる。

私は、魔女の涙を元あった岩の下に戻し、その場所を後にした。


花を買った。

パラジニア。昔、ネモラやサラと共に髪を飾った夜光花《やこうか》。

長い間、私はこの花に触れてこなかった。

ネモラの蘇生に成功するまで、触れる資格がないと思っていたからだ。いや、資格という点では、サラを手にかけた私にはいまも資格などないのかもしれない。約束の印。この花をそう表現したのはサラだった。

それでも私は花を買い、ウルガルズの街へ足を運ぶと、街外れにあるその魔術通路《まじゅつつうろ》をくぐり抜けた。

空が近かった。

季節は春。

私の鼻を、パラジニアとは別の芳しい匂いがくすぐる。フジの花だ。私の周りでいまが盛りとばかりに咲き誇っている。そのフジの花に囲まれた小道の先に家と庭があった。

以前、私が猫と魔具の壺《つぼ》を通して見た、浮島にあるサラの家だった。

ただ、その様子は前に私が見た時とは大きく変わっていた。

きれいに芝が刈られていた庭には、雑草が生い茂り、家の壁にはクモの巣のように、いびつなツタがはびこっている。風雨に晒《さら》され続けたせいで、割れている窓もあるようだ。

人の住まなくなった家はあっという間に朽ちていく。まして、この家は、

「七年……そうよね。それだけの時間が経《た》ったんだから――」

頭上の青空とは対照的に、くすんだ佇《たたず》まいを見せる家。

それを見上げてから、私は玄関に向かった。

玄関の扉に鍵はかかっていなかった。

扉を開け、私は中に入った。

中の様子も、外から家を見た印象とさほど変わらなかった。埃《ほこり》だらけの壁や廊下。倒れた傘立て、曇った鏡。リビングの窓が割れていたせいか、一階の荒れ具合は特にひどい。物が散乱し、床板の一部は腐食が進んでいる。

私は一階のリビングやキッチンに入ることはせず、二階へ向かった。

階段を上がった先に、小さなプレートがかかった部屋があった。

プレートには「ハルの部屋」と書かれている。

「あの子の部屋、か――」

ドアを開けて中に足を踏み入れると、真っ先に私の目に飛び込んできたのは、たくさんの本が詰まった書棚だった。本好きの子だったらしい。壁には天体図や蝶《ちょう》の標本なども飾られている。

ふと足元を見ると、小さなゴミ箱が置かれていて、中に花束のラッピングペーパーと、色褪《いろあ》せたメッセージカードが投げこまれたままになっていた。メッセージカードには、少しにじんだ文字で「母の日にカーネーションを」という言葉が書かれている。

「結局、渡せなかったのね……」

前に私が見た母の日の出来事。

メッセージカードやラッピングペーパーがこのゴミ箱にあるということは、あのハルという名の少年は、最後までカーネーションをサラに渡せなかったのだろう。サラが本当の母親ではなかったからか。それとも単に照れ臭かったのか。理由は私には分からない。分かるのは、少年にはおそらく渡したい気持ちはあっただろう、ということだけだ。少なくとも、あの日、私が見た少年の顔には間違いなくそう書いてあった。

少年の部屋を私は出た。

二階の廊下の先には、また別の部屋が二つあった。

一つは「仕事場」のプレートがかけられ、もう一つは「サラの部屋」のプレートがかけられている。

私は手前にあった「仕事場」の方に入ってみた。

予想通りというか、そこは使いこまれた大きな作業机と、並べられた多くの調合器具が目立つ部屋だった。

昔、私がウルガルズであのハルという少年のことを調べていた時、街の人間は彼のことを「薬屋の子」と言った。サラが薬師としての仕事をしていたから、そういう呼ばれ方をされていたのだろう。作業机の上に置かれたメッセージカードの裏面にも、フクロウを象《かたど》ったロゴと一緒に「サラ薬局」というソノーレ語の文字が小さく書かれている。しかし、ソノーレ文字を使うと、街の非術師《ひじゅつし》は読めなかっただろうに。それとも、街の人間はサラの薬屋のことを他の名で呼んでいたのだろうか。

作業机の上には、他にも色々なものが散乱していた。

完全に枯れた花の残骸らしきものがこびりついた花瓶。蓋が開き、すっかり乾ききってしまったインク壺、その横に置かれた古いペン。そして、埃をかぶった写真立て。

「あ……」

指でぬぐった埃の下にあった写真は、懐かしいものだった。私も同じものを持っている。魔法学校に通っていた頃、私とネモラとサラの三人で撮った写真。

よく見れば、花瓶で枯れている花は、私がいま持っているのと同じ、パラジニアのようだった。

「…………」


沈黙と共にそれを見つめた後で、私は床に視線を落とした。

そこには縁が欠けたコーヒーカップが転がっていた。

カップの周りの床には大きな染みができている。コーヒーがこぼれた痕のようだった。この部屋があの日のまま放置されていたとすれば、生きていた時のサラは、あるいはここで初めて自分たちを襲った異変を感じ取ったのかもしれない。ただし、死んだのはここではない。サラの寄生樹はこの場所には生えていない。

私はしばらくの間、まぶたを閉じた。

そうしてから、仕事場を出て、今度は隣にあったサラの部屋に入った。

サラが日ごろ寝起きしていたと思われるその部屋は、物が多かった仕事場とは違って、ごくあっさりとした内装だった。置かれているものと言えば、サラが使っていたらしいパイン材のベッド、机。そして、クローゼットが二つほど。もちろん、他と同じで、ここにあるものもすっかり埃をかぶり、時の流れの底に沈んでいる。

クローゼットの中にはたくさんの服が収められたままになっていた。

サラは昔からおしゃれだったから、そこはらしいと言える。ただ、服の数が豊富な一方で、種類は決して豊富ではなかった。特にスカートの類いは一切ない。

「ずっと……穿《は》けなかったんだ」

ネモラの死後、サラはスカートがトラウマになった。私にもそう言って、決してスカートを穿かなくなった。そのトラウマは、どうやら最後まで解消されなかったようだった。

クローゼットを閉じると、私は窓際に置かれていた机に近寄った。

引き出しを開けてみる。

すると、そこには何冊ものノートがまとめて仕舞われていた。

「これは――日記?」

どうやら、サラがこの島で暮らし始めてから、つけていたものらしい。毎日の記録というより、書きたいことがあった時に書き連ねていたもののようだ。

パラパラとページをめくった私は、途中、自分の名を見つけてハッとした。

『ミリウス暦　4月21日
今日は色々なことがありすぎて、頭がうまく回ってない。
ウルガルズの街でベナを見た。
ベナは男の子を殺してしまった……』

あの日の出来事だった。

そこにはサラの想いがありのままに記されていた。

街で私があのハルという少年から鎖を奪うのを見た時、私を殺人犯にしたくないと思ったこと。そのために、少年と鎖を共有し、助けたこと。行き場のない少年を家に連れ帰ったこと。

日記の日付がさらに進む。

少年との生活の様子が書かれている一方で、そこから先も、私の名が時々出てきた。私がまだネモラの蘇生をあきらめていないことを気にしていたようだった。ゴーレムに襲われた時、自分がネモラを助けることができていれば……そんな後悔もつづられている。

やがて、日記は私が二人の姿を盗み見た母の日に到達した。

案の定というか、サラはあの日が母の日であったことを、まったく意識していなかった。

少年の様子がいつもと違っていたことだけは気づいていたみたいで、

『今日は少しハルの様子がおかしかった。どうしたんだろう？』

そんなことが書かれている。

「そういうとこ、鈍かったものね。昔から――」

つぶやく私の声が意図せず、かすれた。

日記の記述はその二日後、サラとあの少年が死ぬ前日で終わる。

無論、終わらせたのは、この私だ。

「サラ……」

私は日記を閉じ、パラジニアを持っていない方の手で自分の顔を覆った。


いまになって、やっと気づいたことがある。

結局のところ、私は嫉妬していたのだ。

七年前の母の日、私はこの家で少年と暮らすサラの姿を目の当たりにした。

私の瞳に映ったサラは心から笑っているように見えた。過去の出来事などに縛られず、自由に、あるがままに。

私とは真逆だった。

私はこの数十年、心の底から笑ったことなど一度もなかった。過去にとらわれ、過去を清算するためだけに生きてきた。そうだ。他ならぬネモラが教えてくれた。私は許されたかった。ネモラに。そして、自分自身に。許されれば、私もまた昔のように自由に生きていける。そう思いこんでいた。

だから、そんな制約とはまったく無縁に生きているように見えたサラに嫉妬したのだ。

もちろん、あの日記を見たいまとなっては、サラも決して過去の出来事から自由でなかったことは分かる。

けれど、あの日の私はそれが分からなかった。だから、サラを妬み、自分とはあまりに違う境遇に激怒し、少年を助けたサラの行動を偽善と決めつけ、ついには殺意さえも抱いた。

……いや。

これもまた全て、醜い自己弁護か。

『絶対また三人で前みたいに遊ぶんだから』

昔、私が森の廃屋でネモラに向かって言った言葉。

そして、この言葉にこそ、私の愚かさが集約されている。

ネモラ、サラ、私。

三人が揃《そろ》わなければ、その願いはかなわないではないか。だが、私はサラを殺した。サラの心根を誤解し、サラの生き方を誤解し、激情の赴《おもむ》くまま、自らの願いと共に、友と呼んだ相手を屠《ほふ》ったのだ！

愚かだ。

あまりにも愚かで、醜悪で。

救いようもなく罪深い。

それが、いまここにいる私……。

パラジニアの花を持ったまま、私はサラの家の外に出た。

そこには家と同じく荒れ果てた庭がある。

雑草だらけの庭は、こうして改めて見ると、そこまで広くはなかった。しかし、過去はもっと広かっただろうと想像できる。

というのも、いまは庭の半分ほどを、その巨樹が占めているからだ。

浮島のサクラ樹。

ウルガルズの人間がそう呼ぶこの木は、荒涼としたこの島にあっても、あふれんばかりの生命力の輝きに満ちているようだった。当たり前かもしれない。この木はあのサラの魔力を吸って成長した。これほど大きな寄生樹を死後に残す魔術師は、ハルハリーリにもほとんどいないだろう。

私は木の根元に近づくと、持っていたパラジニアの花をそこに置いた。祈りを捧げるような真似《まね》はしない。そんな資格、私にはない。

風が静寂に包まれた島を渡る。

サクラの梢《こずえ》の鳴るざわざわとした音だけがかすかに響いている。

それを聞きながら、私はしばらくの間、サラの寄生樹の前に立っていた。

と、そこで、私はあるものを見つけた。

木のすぐそばに横たわっていた、白骨化した人間の死体。

いや、死体は一つではなかった。

木の根元に寄り添うようにして、もう一つ、別の骨が転がっている。こちらは人間ではなく、猫の死体のようだった。

おそらく、人間の方は、

「ハル君、ね……」

私は人骨に近づくと、その横で膝を折った。手を伸ばし、頭蓋骨と思われる骨に触れる。

当たり前だが、骨はひんやりとしていた。

「本当にごめんなさい……あなたは何も悪くなかったのに……」

少年の頭蓋骨を撫《な》でながら、私は猫の骨の方も見た。きっと、あれはサラや少年がこの家で飼っていた猫に違いない。たった一匹、この島に残され、最後は自分を大切にしてくれた二人のそばで死ぬことを選んだのだろう。

「君は大好きだった二人が突然いなくなってしまった……全部、私のせい」

犯した罪の重さが、改めて私の全身にのしかかる。

せめて——と、冷たい少年の頭蓋骨に触れながら、私は思った。

せめて、彼らの遺体をサラの寄生樹のそばに埋葬することはできないだろうか？

このまま野ざらしというのは、あまりにひどい話だ。

もちろん、あの少年も猫も、全ての元凶たる私に弔《とむら》われるなど嫌で仕方ないだろう。だが、他に人がいない。

（この島の土を使って、魔法で石櫃《いしびつ》を作ろうか）

私はそう考え、辺りの地面を見回した。

が、その時だった。

私は初めて気づいた。

庭の地面だ。

雑草に覆われ、かなり分かりにくかったが、そこには妙な痕が残っている。高熱に焼かれ、変色した土が描いているのは、巨大な円形の模様だった。円の中には、古代ソノーレ文字すら見え隠れしている。

「魔方陣……え？　でも、これって――」

私には見覚えがあった。あのレッドの残した本を詳細に記憶していた私には。

これは……再会の魔法だ。

レッドが書き記した旧世界で死者と再会する大魔法。

思わず、私は近くにあったサラの寄生樹を見上げた。そうすると、その瞬間の光景が私にも鮮明に想像できた。

きっと、サラは死の間際、もう自分たちは助からないと悟って、最後にその魔法を試したのだろう。

この庭で死にゆく少年とサラ。

願いをこめて、サラは魔法を発動させる。魔法がないと言われる旧世界で再び自分たちが出会えるように。

（でも……）

その光景が目に浮かぶのと同時に、私には結末もはっきりと見えた。

それは推測ではなく、確信だった。

――サラの魔法は失敗した。

いや、この言い方は正確ではないかもしれない。

おそらく、サラの魔法自体はちゃんと発動した。ここに残る魔方陣の痕跡がそれを物語っている。あれほどの大魔法、しかも、初めての経験だっただろうに、それでも成功させられるサラの力はやはり尋常ではない。魔法は発動し、きっとサラは自分の魔力を食らう寄生樹だけをここに残し、その存在は旧世界へ飛んだはずだ。

しかし、問題は少年の方だった。

少年の遺体はこの場所に残されたままになっている。そして、私の目には、その遺体にまだ禍々《まがまが》しい残滓《ざんし》がわずかに漂っているのが「視《み》」えた。

あの日、私が少年に用いたバーメットの毒の残滓。

バーメットの毒はありとあらゆる魔法を遮断する。たとえ、レッドの大魔法といえど、例外ではない。当然、サラもそのことは知っていただろう。それでも魔法を使ったのは、わずかな可能性に賭けたのか。それとも、死の直前にあって、もうそこまで考えられるような精神状態ではなかったのか。いずれにせよ、魔法は発動したが、それが届いたのはサラだけだった。少年には届かなかった。

二人は再会できていない――。

(どうすれば会える?)

迷いなくそう思った自分の心に気づき、私は少なからず驚いた。

またしても、私は誰かに許されたがっているのだろうか。

いいや、違う。

これはサラの最後の願いだ。私はその願いをかなえたい。許されたいがためではない。かつて友と呼んだサラの願いだからこそ、そう思うのだ。許しなどいらない。それでも、愚かな自分が引き裂いてしまったあの二人に、もう一度会ってほしい。ただ、それだけの想い。

「私に……サラと同じことはできない」

サラの寄生樹に身を寄せ、その幹に手をあてながら、私は必死に考え続けた。

「でも、サラにできなかったことができる」

できなかったことというのは、少年の遺体からバーメットの抗魔法効果を取り除くことだった。白骨化してもなお、少年の遺体には毒の効果がわずかに残っていた。が、この程度なら私には何の問題もない。昔、土の中から掘り返したネモラの体でもやったことだ。

だから、ハードルはその先にあった。

バーメットの解毒が成功したからといって、少年に改めて七年前のサラの魔法が発動したりはしない。

つまり、すでに旧世界に飛んでしまったサラと少年を再び巡りあわせるには、もう一度、再会の魔法を使う必要がある。白骨化しているとはいえ、少年の遺体はこうして残っているから、レッドの魔法の使用条件にあった「死者の遺体さえあれば」の部分はクリアしている。

「魔法の構造は、私にも分かる……あの魔法は、こちらの世界と旧世界、折り重なるようにして存在する二つの世界に穴をあけ、世界と世界を繋《つな》げる……その上で、会いたいと願う二人を穴から旧世界に送りこみ、あちらの世界で再会させる奇跡……」

七年前、再会の魔法を発動させたサラは、おそらくその瞬間に死を迎えたと私は思う。

少年とサラが共有していた鎖は私の手で完全に破壊された。サラがこの世界で生き延びる術《すべ》はない。

しかし、一方で、魔法によって旧世界に飛んだサラは、その死の運命をも覆《くつがえ》し、蘇《よみがえ》ったはずだった。なぜかと言えば、旧世界ではサラが死んだという事象そのものが存在しないからだ。私たちの世界の死者が旧世界に干渉すると、死の事実がないにもかかわらず死者が存在するという、言わば世界の矛盾がそこに生じる。すると、世界そのものが死者を蘇らせる。自ら矛盾を是正するために、だ。

「この仕組みを使えば、おそらく彼も――ハル君も旧世界で生き返る。そして、再会の魔法は、互いに会いたいと願っている二人の心を起点に、あちらの世界で二人を引きあわせてくれる……でも」

最大の難問は、その魔法を誰が使うのか、という点だった。

サラはもうここにはいない。

そして、サラと違い、私にはあんな大魔法は扱えない。自分が一生魔法を使えない体になるロストの症状を覚悟し、強引に魔法を試みたとしても、おそらく無理だろう。

「多分、世界と世界を繋ぐ穴をあけるだけなら、私にも何とかできる……だけど、その先。あいた穴にハル君を通し、あちらの世界に送りこむ力がどうしても足りない。私の魔力では人間は無理――いえ、待って。人間？」

ふと、私の目に、サラの寄生樹の根元に転がるもう一つの白骨が映った。

私はいったん自分の作業小屋に戻り、バーメットの解毒剤を用意した。

そして、ウルガルズの街へ向かい、男物の服を一着買った。

「石櫃はやっぱり島の土を使った方がいいわね。元々、島全体を空に浮かせる魔力を帯びた土だし、細工もしやすい」

島に帰ってくると、私は魔法で蓋のない長方形の石櫃を作り出した。

そうして、サラの家の庭に石櫃を置くと、その中に解毒した少年の遺体を納めた。ただし、そのまま入れたわけではない。白骨化した体に、買ってきた服を着せた。

さあ、ここからだ。

次に、私はもう一つの白骨、サラと少年が飼っていたらしい猫の骨に魔法をかけた。七年前、私が自分の猫を使って少年のあとを追わせたのと同じ、操りの魔法。

――まず、この猫に再会の魔法を使い、サラと旧世界で再会させる。

猫は私と最も相性のよい生き物だ。

人間相手では不可能な魔法でも、猫であれば、私には実現可能になる。とはいえ、それでもレッドの再会の魔法は強力すぎるので、使った瞬間、私が一生魔法を使えない体、ロストになるのはほぼ確実だろう。そして、そのことを思った時、私は改めてサラのすごさを実感した。

「サラ、あなたは嫌がるかもしれないけど、私はやっぱりあなたを天才だと思うわ。才能のことじゃない。あなたの覚悟と、勇気に対して」

かつて、サラは鎖を共有する魔法を使うことで、死んだ少年の命を救った。もちろん、当時の状況なら、サラの魔法が成功する確率は高かった。しかし、危険がゼロというわけではなかった。あの魔法は失敗すれば死者だけでなく、鎖を共有しようとした者の命をも奪う。それが分かっていながら、サラは魔法を使った。それも、自分のためではなく、少年の命を助けるため、そして、私を殺人犯にしないために。

いま、私は自分が一生魔法を使えなくなると思うと、やはり恐怖を感じてしまう。

サラと違い、命を落とすというわけでもないのに。

「あなたの覚悟と勇気……ほんの少し、私にも分けてほしい」

操りの魔法をかけたこの猫に、さらにレッドの再会の魔法を使い、世界と世界を繋げる穴をあける。

事前に操りの魔法をかけておけば、この猫は私が魔力を失ってもしばらくは思うままに行動してくれる。それを利用して、旧世界でサラと再会したこの子を動かし、サラを世界にあいた穴まで導く。

穴は二つの世界が混じり合う、中間地点だ。

そこにはこちらの世界のものも存在できるし、旧世界のものも存在できる。私には、その穴を通して、あのハルという少年を旧世界に送りこむことはできない。しかし、穴自体はこちらの世界の一部でもあるから、そこに少年をただ置いておくこと自体は、魔法の力などなくてもできる。猫を操って、サラを二つの世界が入り混じる穴まで案内し、そこで少年と対面してもらう。

「ただ、その先は賭けね……」

猫の骨に操りの魔法をかけた後、私は少年を納めた石櫃の前に戻り、つぶやいた。

たとえ、世界にあいた穴で旧世界にいるサラが少年と対面したからといって、それは再会とは呼べない。なぜなら、穴はこちらの世界の一部でもあるので、そこに少年を置いたところで、死んだ少年は蘇らないからだ。

「君が旧世界で生き返るためには、やっぱりサラの助けがいる。あちらの世界にいるサラに手を引いてもらい、君自身が旧世界に干渉しなきゃいけない。そのために――」

石櫃に納めた少年に語りかけながら、私は懐から一枚のカードを取り出した。

それは、フクロウのロゴが入ったメッセージカードだった。サラの仕事部屋で見つけたものだ。このカードにも私は魔法をかけていた。カードの表面にはソノーレ文字を書きこんである。

「これは君と結びつけたカード。カードにこめた時限式の魔法は、その文字を読み上げることで発動する。旧世界にいるサラが文字を読み上げれば、その瞬間、サラはカードの魔法で君との繋がりを成立させ、君は旧世界に干渉したことになるはず。……だけど」

問題は、サラがこちらの期待通りに動いてくれるか、だった。

おそらく旧世界にいるサラは、こちらの世界にいた時のサラではなくなっている。旧世界は魔法のない世界。そこでは「魔術師のサラ」は存在してはならないのだ。世界によって脳の記憶は変質させられ、魔法も使えなくなっているだろう。カードにこめた時限式魔法は、魔力がなくても文字を読むだけで発火する。しかし、そもそも、いまのサラにこの文字が読めるかどうか。

「サラ自身の魂に刻みこまれた記憶と、死の間際まで持っていた想いの強さに期待するしかない、か……」

砂漠で土砂降りの雨を待つようなものだった。確率はおそろしく低い。だが、これが私にできる精一杯であることも事実だ。

ふと思いついて、私はまた石櫃から離れた。

サラの寄生樹の根元まで行き、そこに置いていた花の一本を手に取る。

私がこの浮島に持ってきたパラジニアの花。

それを持って、再び石櫃の前に戻ると、私は花を少年の頭蓋骨、左目の穴に供えた。

魔法ではない。
おまじないだった。
パラジニアの花言葉は「いつまでも仲良く」。
「君とサラがまた出会い、そして」
いつまでも仲良くありますように。
まぶたを閉じ、強く願う。
そうやってから、私は持っていた魔法のカードを少年の胸に置いた。
さあ。
始めよう。
彼女の最後の願い。
それをかなえるために。
操りの魔法をかけた猫の白骨の前で、私は跪《ひざまず》く。
「――オーロ」
呪文の詠唱の開始と共に、私の髪がふわりと宙に浮いた。
「――ミレクリム、エクセデレ、テンプス」
ぴりぴりと空気が帯電する。
うずまくような風が私の体と猫の骨を中心に巻き起こる。

おそらく、呪文は一字一句、サラが最後に唱えたものと同じだろう。

そして、これは私にとっても、この世で見せる最後の魔法だ。

「——カルナティオン！」

全ての呪文を唱え終えた時、私の周囲に白く輝く巨大な魔方陣が出現し。

私は魔術師ではなくなった。

終章　魔法のない世界で生きるということ

1

――　4月12日（日）　晴れ　――


入学して6日目。

この日記も6日目。

まだ続けてる私、すごくない？

今日は日曜だったけど、学校で部活体験会が開かれてたから、参加してきた。

中学からやってるし、美加《みか》と真衣《まい》にも誘われてるから、バレー部いいなと思うけど、ちょっとだけ迷い中。

学校の帰りは、またあの場所に足が向いてしまった。

校門の近く、クジ付きの自販機が置かれてるあの場所。

あの場所は――。

心のどこかに隙間風が吹いている。

私立啼鳥《ていちょう》高校一年、天野暁音《あかね》が時々感じるのはそれだった。

春は出会いと別れの季節とも言う。とはいえ、出会いはともかく、別れの方は三月で済んでいる。だからというわけでもないが、四月はきっと出会いの月、始まりの季節。少なくとも、暁音はそう思っている。

「じゃあね、暁音」

「あ、美加も真衣も、もうバレー部に入部したんだっけ？　今日はこのあと練習？」

「おう。暁音も早く決めろよー」

「三人で汗だくの青春を過ごそうぜ。目指せ、東京体育館！」

「あはは。まあ、前向きに考えとくね」

入学したばかりの高校は、楽しいかとたずねられると、まだはっきりと答えられなかった。

けれど、普通はそんなものだろう。

退屈を感じさせてくれない友達はいる。学校でやりたいことも見えている気がしている。つまり自分の高校生活、滑り出しはすこぶる順調。楽しいことがあるとしたら、多分これからだと思う。

なのに、

(なんかさびしい……)

通学路のサクラ並木は満開の季節を迎えていた。

この辺りのサクラは、東京の都心などに比べると開花が遅い。

暁音はミサンガを着けた右手を額にかざし、頭の上で咲くサクラを仰ぎ見た。昔の人はあの花が散るのを見るだけで悲しんでいたとも聞く。しかし、花はまだ散ってない。では、自分が感じているこのさびしさは何なのだろうか。

家に帰る前に、暁音はその場所へ向かった。

学校近く、土手沿いのゆるやかな坂道を少し上ったところにある、小さな休憩スペース。雑多な田舎《いなか》町の中にあって、ぽっかり生まれたエアポケットのようになっているそこには、やや古めかしいクジ付きの自販機が置かれている。自転車に乗った同じ学校の生徒が、道を歩く暁音の横をのんびりと通りすぎていった。

自販機の前に立つと、暁音はカバンから財布を出し、小銭を引っ張り出した。

ところが、その時、

「わっ」

突然、自販機の横から、ぬっと黒いものが出てきた。

猫だった。

丸々とした黒猫。種類は分からない。ちょっと生意気そうな目をしている。

「おどかすなよ～……ってか」

気づくと、暁音の指先が自販機のボタンに触れていた。驚きのあまり、つい手をついてしまったのだ。しかも、ボタンの商品はこの季節にはあまりふさわしくない「あったか汁粉」。

「お金入れる前で良かった」

つぶやきつつ、暁音は改めて小銭を自販機に入れ、目当てのスーパーサイダーのボタンを押した。ぴぴぴぴ、と自販機のクジが抽選を開始する。

結果は、

「おっ」

当たりだった。

少し迷ったが、二本目も同じものを選んだ。

ふと横に目を向けると、さっきの黒猫が歩道にしゃがみこみ、じっとこちらを見ていた。

「君にはあげないよー」

笑って暁音が言うと、黒猫は「にゃー」と鳴いた。

そして、黒猫は暁音に背を向け、先で二又に分かれた道を、土手とは反対側に向かって歩き出した。

確か、その先には小さな神社があるはずだった。

のそのそと黒猫は道を進んでいく。が、途中、なぜか一度、足を止めた。

自販機の前に立ったままだった暁音の方を振り返り、

「にゃー」

と、また鳴く。

「えっと……」

誘われている気がした。


黒猫が向かったのは、神社の裏手だった。

この神社には常駐している神主はいない。

社務所もないし、あるのは小ぢんまりとした鳥居と、ささやかな社殿だけ。

境内に入ったのは、暁音も初めての経験だった。

乾いた石畳の上を、黒猫は跳ねるような足取りで駆けていった。自販機で買ったスーパーサイダーをバックパックに仕舞った暁音も、走って黒猫のあとを追う。

やがて、黒猫が立ち止まったのは奇妙な場所だった。

社殿のすぐ裏だが、そこは完全な行き止まりになっている。暁音と黒猫の前にあるのは、石を積み上げた壁。石の一部は不自然に凹《くぼ》んでいて、壁の表面がでこぼこしていた。

「何もないじゃん」

文句を言いつつも、暁音はふと違和感を覚えた。

この場所に来たのは間違いなく初めてのはずだった。

けれど、目の前にある壁。

どこか見覚えがあるような気がする。

「にゃー」

と、黒猫がまた鳴いた。

そうやって、一度立ち止まった黒猫は再び動いた。来た道を戻り始めたわけではない。壁に向かって歩き出したのだ。

そして、

「え――」

ふっと、黒猫の姿が壁の向こうに消えた。

さすがに暁音も目を丸くした。

あわてて壁に駆け寄り、おそるおそる手を伸ばしてみる。

手の先には触れるものが何もなかった。

それどころか、

「わわっ」

黒猫と同じように前に進むと、そのまま暁音の体も壁をすり抜けてしまった。

「何これ……目の錯覚？」

だが、そんなはずはない。

確かに壁はそこにあったのだ。ＶＲでもなければ、そんなものが突然消え失《う》せるわけがない。そして、いまの暁音はＶＲが見えるような機器は身に着けていない。

分からないまま、暁音は周囲を見回した。

壁の中に入る前も少し変わった場所ではあったが、そこもまた不可思議な空間だった。

ただ、目がさめるほど美しい。

辺りに薄紫色の花が鮮やかに咲いていた。

フジの花だ。

神社の社殿はここからはもう見えない。代わりに、咲き誇るフジの花がまるでアーチのように暁音と黒猫を包みこんでいる。

「すご……」

前を見ると、黒猫がまた足を止めていた。

そこには、長方形の大きな石の箱のようなものが置いてあった。

箱に蓋はない。しかし、中には何かが納められているようでもある。

箱に近づいた暁音は、なにげなく箱の中をのぞきこんだ。そして、思わず「ひゃっ」と悲鳴をあげた。

「が、骸骨《がいこつ》!?」

箱の中に横たえられたそれは、間違いなく人の骨の形をしていた。しかも、おもちゃや模型のそれとはまるで質感が違う。

「まさか……本物じゃない、よね……?」

おかしなことに、その骸骨は真新しい白い服を着せられていた。それも死装束というやつではない。ちょっと意匠は変わっているようにも見えるが、どう見ても男物のシャツ。

(やばい)

ほとんど直感的に暁音はそう思った。

考えてみれば、あのすり抜ける壁の時点でここは変だった。

ホラーが苦手というわけではない。が、さすがに目の前に広がる光景は常軌を逸していた。いますぐ逃げ出さないと、何か得体のしれない世界に引きずりこまれてしまいそうな、そんな予感がする。

「み、見なかったことにして……帰るってことで……」

震え声で言いつつ、暁音は箱と、箱の横にいる黒猫からじりじり離れようとした。

いや、したつもりだった。

なぜか、がんとして自分の足が動かなかった。

そして、どうしても目が離せない。目の前の箱の中にある骸骨から。

骸骨の左目には名前の分からない、美しい赤い花が飾られていた。

白いシャツの胸元には一枚のカードが置かれている。フクロウに似たロゴの入ったカード。

おそるおそる暁音はカードに手を伸ばした。手に取って、裏返してみる。

「文字……？」

カードに書かれていたのは、見たこともない文字だった。

形はどことなく、北欧のルーン文字にも似ている。文章としては決して長くない。というよりおそらく一言だろう。とはいえ、こんなもの、オカルトマニアでもない暁音に読めるはずがなかった。象形文字の方が、まだ形で察せられる部分もあるから、意味が判《わか》りそうだ。

「なんなの、もう……」

もう一度、暁音は骸骨の頭の方を見た。

不思議な花が左目に飾られた頭蓋骨。

もちろん、そこには表情など何も浮かんでいない。

だが、

「…………」

じっと見つめていると、どくんと暁音の心臓が大きく鳴った。

改めて、手に持ったカードに視線を落とす。

「……カ」

ごく自然に唇から声が漏れた。

まるで、自分の中にいる、まったく別の自分が声を発したかのようだった。同時にいまのいままで理解できなかったカードの文字が、突然、明確な意味を持って暁音の意識の中に入りこんできた。

……見える。

いや、読める。

そうだ。

この形。この文字。

これは[redacted]語。

より正確な発音は、

「親愛《カーラ》……？」

口にして小首をかしげた、その瞬間だった。

「！」

暁音の手の中でカードがまばゆい輝きを放った。

同時に、カードは溶けるようにして端から消え始めた。しかし、そうやって、カードが消えていく一方で、逆にこの世界で蘇《よみがえ》りつつあるものがあった。

あの骸骨だ。

着せられた白いシャツがふわりと盛り上がる。

骨に張りついていたシャツの下に皮膚が現れ、そして、肉さえも生まれる。

それはまさしく、「再生」としか呼べない光景だった。ついさっきまで無味乾燥な骸骨でしかなかったもの。それが生きている人間の姿を取り戻し始めたのだ。まるで、その骸骨が生きていた時間へ、時の流れそのものが戻っていくかのように。

やがて、再生は全身に及ぶ。

左目に花が飾られていた頭蓋骨に皮膚と肉が復活した。花が飾られていなかった右目に眼球が宿り、ついには左目にも同じものが蘇る。

そうして現れたのは、すらりとした背格好の少年だった。

いや、見た目だけで言えば、青年になる少し手前の少年というべきか。

「…………」

まぶたを開いた少年がゆっくりと起き上がった。箱のそばにいた暁音の方をぼんやりと見る。

暁音の頭の中は真っ白だった。

何も考えられない。考えられるわけがない。この少年は誰なのか？ いま自分の前で起こったことは何なのか？ 驚愕《きょうがく》の声をあげることすらできず、目を見開いて立ちつくすばかりだ。

ただ、無意識のうちに暁音の左手が動いた。

指先を髪にからませる。これは暁音の昔からの癖だった。意識していない時ほど、ついやってしまう。

「……！」

その仕草を見た少年が身じろぎした。

虚《うつ》ろだった少年の瞳に、確かな感情が宿る。

そして――。

涙があふれた。

放心していた暁音でさえ一瞬見とれてしまったほど、澄みきった少年の涙。

こぼれ落ちるそれをぬぐおうともせず、少年は箱の中から出てきた。

暁音に近づき、かすかに震える両手を伸ばす。

次の瞬間、

「！」

暁音は少年に抱きしめられていた。


夢を見ていた。

長く辛《つら》い夢を。暗い地の底で。

全ての想《おも》いはここではもう意味がない。

胸に抱いていた感謝の気持ちも、成しえなかったことへの後悔も、ただ灰色の夢に塗り潰されていく。

……いくはずだった。

不意に光が差しこんだ。

まばゆいその光にハルは目を細めた。と同時に、何かの音を聞いたような気がした。

さらさらと砂が落ちる音。

自分の胸の辺りから聞こえる。

それが何かを確認する間もなく、光がますます強まった。

やがて光は正視できないほどの輝きとなり、ついには爆発的に弾《はじ》ける。視界一面が真っ白に染まる。

そうして、ハルは目を覚ました。

「…………」

最初に感じたのは、鼻腔《びこう》をくすぐるフジの花の芳香だった。体がひどく軽い。あの死の瞬間に感じた痺《しび》れや痛みは全くない。

起き上がってみると、そばに誰かがいた。

女の子だ。

自分とそう歳《とし》の変わらない少女。

見覚えはない。

見覚えは……ない、はずだった。

だが、よく見ると、その少女の左目の下には小さなホクロがあって、そして、

「……！」

ぽかんとした目でこちらを見ていた少女が、左手で自分の髪を触《さわ》った。

くるりと左手の人差し指を髪にからませる。

（……ああ）

その仕草が全てだった。

見間違えたりしない。

暗い地の底で灰色の夢を見ていた時も、ずっとずっとハルの胸に去来していた温かな思い出。

それが告げている。

たとえ、姿形が変わったとしても。

世界や時間が違っていたとしても。

あの人だ、と。

自然に涙があふれた。

いままで自分が寝ていた石櫃《いしびつ》から出ると、ハルは目の前の少女に近づいた。

少女の方は動かない。

ハルは手を伸ばし、そんな少女を抱きしめた。

「！」

少女は息を呑《の》んだようだった。服の布越しに伝わってくる確かな温もり。かつて、死の瞬間にも感じたそれを、ハルは自分の腕の中にぎゅっと包みこむ。

だが、その時、初めて少女が声を発した。

「……ストップ！」

いきなり両手で突き放された。

ハルの腕から逃れた少女が距離を取った。顔が下を向いているから、ハルにはその表情がよく見えない。ただ、髪の間から見える少女の耳が真《ま》っ赤《か》になっていた。

そうして、数秒の間を置いてから、少女は勢いよく顔を上げた。

「えっと、つまり、何て言うか……」

もごもごと何か口走ったが、そこで、かえって言うべきことを見失ってしまったらしい。

代わりのつもりだったのか、少女は背負っていたバックパックの中から、筒のような物を大あわてで取り出し、ぐいとハルに差し出してきた。

「これ！　さっき当たった！　あげる！　一本！」

片言のような言葉の羅列と同時に、少女の右手から何かが落ちた。

どうやら右の手首に巻いていた編み紐《ひも》が切れたようだった。

「え……あ」

勢いに押されて、ハルは少女の手から筒を受け取った。

見たことがない変わった筒だ。表面が妙に冷たい。開け方は——。

すぐに分かった。

というか、当たり前ではないか。

見たことがない？

そんな馬鹿な。

それはただの缶ジュース。商品名はスーパーサイダー。

商品名はともかく、この形状の缶ジュースを見たことがない人間など、現代日本にいるはずがない。

そうそう。

さっき少女の手首から落ちたのも編み紐というより、ミサンガだ。紐が切れると願いがかなうとも言われるアクセサリー。

受け取ったスーパーサイダーの蓋を、ハルはごく自然に指先で開けた。

ところが、その途端、

「っ!?」

プシューッという派手な音と共に、缶から中の液体が噴き出した。どうやら直前に缶が振られていたらしい。大方、少女が缶を持ったまま走りでもしたのだろう。泡と共に噴き出した液体は、まともにハルの顔にかかる。

一瞬、まぶたを閉じたハルは、きょとんとして手の中にある缶を見つめた。

すると、

「……ぷっ」

少女が吹き出した。

笑う少女。その前で目をぱちくりさせるハル。

そんな二人を横から見ている、別の瞳がある。


赤が見えない世界はあいかわらずだった。

それでも、黒猫の瞳は二人の姿を確かにとらえていた。

見たことがない金属製の筒を手にして、向き合った二人。開いた左目の下にホクロがある少女と、かつての傷跡が顔から消えている少年。

猫の瞳を通して見えたその二人は、ベナの前に置かれた魔具の壺《つぼ》の水面にも映し出されていた。

再会の魔法を発動させたベナは、もう魔法を使えない。

だが、操りの魔法の効果がかろうじて残っている猫の瞳と、この壺はまだ繋《つな》がっている。

「ねえ、サラ」

二人の姿を見つめて、ベナは口を開いた。

「魔法は息をするように使えて、それが当たり前で。私たちにとって、魔法のない世界なんて考えられないけど」

蘇った少年の前で少女が笑う。

「でも、魔法のない世界で生きるということ……それは魔法よりも望んだものがある世界で生きるということ。そうでしょう？」


「ねえ、サ……」

言いかけたところで、言葉が途切れた。

ハル……いや、私立啼鳥高校一年、藤白春《ふじしろはる》はそこで自分が何を口にしようとしていたか分からなくなってしまった。

サ？

その発音は、いま目の前にいる自分の幼馴染み《おさななじみ》、大野暁音の名のどこにもない。一体、自分は何に向かって呼びかけようとしたのか？

世界はあるべき姿に収束する。

魔法のない世界。そこには偉大な力を持つ魔女はいないし、その魔女に育てられた少年もいない。いれば、それは世界にとっての矛盾となる。

だから、二人の名は変わる。その記憶も、姿さえも。

「サ？」

暁音が春の前で首をかしげていた。

「あ、いや、暁音」

改めて正しい名を呼び、春はサイダーのかかった自分の顔を手でぬぐった。そして、

「ありがとう」

その言葉だけは告げた。

いや、伝えることができた。

「え、何が？」

暁音がますます意味が分からないという顔をした。実際のところ、春自身もなぜ自分がそんな感謝の言葉を口にしたか分からない。貰《もら》ったスーパーサイダーのお礼？　いや、そういうタイミングではなかったはずだろう。ただ、どうしても言いたかった。言わないと、いつか後悔する気がした――。

どうにもまとまらない考えに春が首をひねっていると、暁音が今度は少し心配そうな目を向けてきた。

「春、なんか変だよ？　さ、さっきもほら、いきなり」

これには春もあわてた。

「違うんだって、あれは！　なんか反射的にというか、俺もよく分からなくなって……ごめん」

「反射的!?」

暁音が大きく目を開いた。

「やばいって、春、それは。気をつけなよ。いまの時代、セクハラとか」

「だから！」

「それよりさ」

「え？」

「なんで靴はいてないの？」

言われて春は自分の足元を見る。

確かに裸足だった。

ここが家の中ならそれでもいいだろう。しかし、どう見てもそうではなかった。

「はっ？」

思わず片足を上げた春の耳に、別世界のベナが「あ、靴買うの忘れた」とつぶやく声は
もちろん聞こえない。

聞こえたのは暁音の明るい笑い声だった。

「あはは、春って昔からそうだよね。ほら、小学校の時の林間学校。寝ぼけて、朝の体操に裸足で集まったことあったじゃん」

「そんなことあったっけ？」

たずねたところで、春も思い出した。

そう、あれは六年生の時だ。確かにそういうことがあった……ような気がする。

「けど、今日のは仕方ないんだって」

口を尖《とが》らせて、春はおかしそうに笑い続ける暁音に言い返した。

「いい天気だったし、ちょっと神社の裏でぼーっとしてたら、なんか急に眠くなって――」

「はいはい。いいから早く外に出よ？　ここ、きれいだけど、なんか変な場所だし」

「なんなんだろうな、この場所」

「神社で昼寝なんかするから、バチがあたったんじゃない？　主に春が」

スーパーサイダーを手に言葉のキャッチボールを続けながら、立ち並ぶフジの木の先にある出口へ向かう。あの奇妙な壁と繋がった出口。

暁音が先に光り輝く出口をくぐり抜けて、外に出た。

春もそれに続こうとしたが、直前で足が止まった。

振り返って、たったいま自分がいた場所に目をやる。

フジの花が相変わらず美しく咲き誇っていた。

その艶《あで》やかな姿と芳しい香りが、どこか名残り惜しい。もう二度と戻れない大切な場所から去っていくような、そんな寂寥《せきりょう》感が自分の胸をよぎる。

(……。気のせいか)

すぐにそう思い直し、春もまた暁音のあとを追って出口を抜けた。

そして、世界が再び収束を始める。

魔女も、魔女に育てられた少年もいない世界。

であれば、そこにはフジの花で囲まれた不可思議な空間も、その空間に続く奇妙な壁も存在してはならない。

魔法のない世界へ。いや、魔法の痕跡も、それに関する記憶もない二人へ。

世界の力は働き続け、そして——。

2

小屋から持ち出したのは、三人で昔撮った写真だけだった。

ネモラの遺体の埋葬はすでに終えている。

空になったカプセルベッド。

一度その表面を撫《な》で、扉の外に出ると、ベナは長い時間を過ごした作業小屋にしっかりと鍵をかけた。


街道を吹き抜ける風が砂塵《さじん》を巻き上げる。

ヤーリ街道と呼ばれるこの道は、東西交易の動脈と呼べるほどには栄えていない。

単純に大量の荷を運ぶのであれば、大船で南の海路を使った方が効率がいいし、安全な旅をしたいのなら、北方に整備された鉄道馬車を利用した方が速いからだ。裏街道。その呼び方がおそらく最もふさわしいのではないだろうか。

閑散とした街道を歩くベナの頭上で、陽《ひ》はすでに中天を過ぎていた。

このペースだと、夕暮れ時までに次の街にたどりつくのは無理だろう。だが、それもいいとベナは思った。元々、目的がある旅ではない。野宿にもすでに慣れている。

歩き続けていると、背後からガラガラ車輪の回る音と、ぱかりぱかりと馬の足音が近づいてきた。

馬車だった。

車も馬も特に立派なものではない。車の方は幌《ほろ》もついていないない荷車である。この辺りに住む農夫だろうか。

ベナは道の端によけて、後ろからくる馬車をやり過ごそうとした。

ところが、足を止めたベナの前で、馬車の方も停まった。

御者台で手綱を握っていたのは、引き締まった体つきの男だった。右腕に少し変わった形をした銀色の腕環《うでわ》をはめている。年齢は、非術師《ひじゅつし》なら四十代後半といったところか。

男は道の脇に立っていたベナに、屈託のない笑顔を向けると、

「よお、嬢ちゃん。どこまで行くんだ？　良かったら、乗せてってやるぞ」

「……私、嬢ちゃんなんて歳じゃないです」

このベナの返答に嘘《うそ》はない。

見た目は、三十代半ばくらいのベナだったが、実年齢はすでに六十に近かった。といっても、精神年齢もそこに近づいているかといえば、そうではない。人間の心というやつは、意外に外見に引きずられるものらしい。

腕環をはめた男は、ベナの真面目《まじめ》くさった返事が逆に面白かったのか、かかと笑い、

「俺からすりゃ嬢ちゃんよ。ま、乗せるって言っても、尻が痛くなる後ろの荷台なんだけどな。それでも良けりゃ、お好きにどうぞってなもんだ」

あっけらかんとしたその言い方が、ベナの警戒心を少し解いた。

多少の迷いはあったが、結局ベナは男の馬車に乗せてもらうことにした。

後ろに積んであった荷物の間にちょこんと腰かける。

停まっていた馬車が再びガラガラと進み始めた。

男の言った通り、決して乗り心地のいい馬車ではなかった。ほとんど荷馬車なのだから、それも当然だろう。ただ、朝から歩きづめだった足を投げ出せるのは心地よかった。街道を進む馬車から、ベナは頭上に広がる青空を見上げ、大きく深呼吸する。

すると、前の御者台から男がまたベナに声をかけてきた。

「あんた、名前、なんつーんだ？　どっから来た？」

「ベナ・クローヴァー。ウルガルズから来ました」

「ウルガルズ！　俺も昔、住んでたよ。随分遠くから来たんだな。どうしたよ、失恋でもしたか？」

どうもおしゃべり好きの男らしい。

にしても、さすがにこの質問は初対面の相手に対して、少し無神経ではないだろうか。

そう思いつつも、ベナは、

「まあ、そんなところです」

とだけ答えておいた。

「おいおい、マジか？　半分くらいは冗談だったんだが」

男の方は大笑いした。

「ま、失恋ならまだマシかもしれん。俺もあの街では散々な目にあったよ。なんせ、治安が悪い街だからな。居住区のやつらにはボコられるわ、家族は死んじまうわ、彼女にはもう会いに来るなって突き放されるわ……」

男の話が延々と続く。

ベナが見上げた空を、南へ向かう渡り鳥の群れが列をなして通り過ぎていく。

「借金を返すためってことで、子どもが嫌いなのに学校の先生をやるはめになったり。いや、ほんと、いい思い出が……ないわけじゃないが、とにかく、あの街はなあ」

そこで、話し続けていた男がちらりとベナの方を振り返った。

「特に魔女や魔術師とは、ちと相性が悪いらしい。呪いがかかりやすいっていうのかな？あんたもひょっとして、そのくちか？」

男の長話を右耳から左耳に素通りさせていたベナだったが、これにはさすがにハッとした。

空を見るのをやめて、ベナも男に目をやった。

「あなた……何者ですか？」

自然、声が低くなった。

「魔術師？　でも、私はもう魔力のない人間。なのに、なぜ、私が魔女だと――」

「ああ、ロストだろ」

男の口調はやはり屈託がなかった。

「見りゃ分かるさ」

「見りゃ分かるって」

「分かるもんは分かる。そうさな、こっちが名乗ってないのに、いきなり女性に名前を聞いたのはちと無礼だった。こういうとこ、好きな女にもよく注意されたんだよなあ、昔から」

相変わらずよく口の回る男である。

そして、話をやめないまま、男は再び前を向いた。

「俺の名はレッド。レッド・シャーマン」

「！」

「この先の街で魔具職人やってる。腕はまあ、そこそこいい方だと思うぜ」

馬車に乗せてもらったおかげで、夜には次の街に着いた。

「宿が見つからんようなら、うちの離れを貸してやるよ。ボロの空き家だが、野宿よりマシだろ」

はっきり言ってしまうと、宿など見つけようと思えばいくらでも見つけられた。

それでも、ベナはレッドと名乗ったその男の言葉に従い、離れの空き家に泊めてもらうことにした。

気になって立ち去ることができなかったからである。

「レッド・シャーマン……昼間も聞きましたけど、それ、本気で名乗ってるんですか？」

十年ほど使ってないという空き家に案内されながら、ベナは暗い夜空の下、前を行く男の背中にたずねた。

「本気も何も」

と、ランタンを下げた男は、空いている方の手で頭をかいてみせた。

「それが本名だしなあ」

「大胆ですね。ウルガルズの出身で、その名を名乗るなんて」

「まるで、あのユシルの恋人のレッドを騙《かた》ってるみたい、ってか？」

「…………」

ベナが無言でいると、男は軽く笑って、鍵を開けた扉から空き家の中に入った。

十年使ってないというだけあって、埃《ほこり》っぽい家だった。ただ、定期的に手入れだけはしていたらしい。家の中に置かれていたベッドやソファといった家具は古ぼけていたが、使用に堪《た》えないほど傷んではいなかった。

部屋の明かりをつけ、暖炉に火を入れると、男はまた口を開いた。

「繰り返すが、レッドは俺の本名で、俺はレッド・シャーマンだ。そして、確かにユシルは俺が好きな女の名だよ」

「まさか」

「と、いつも信じてもらえねーんだよな。じゃあ、ますます信じてもらえない昔話を一つ、嬢ちゃんに聞かせてやろうか？」

そう言って、ソファの埃を払いながら男は語り始めた。


――むかしむかし、大昔。

魔法のない世界にユシルとレッドという二人の恋人が暮らしていました。

そこは魔法のない世界でしたが、本当は少しだけ魔法と魔力が残っていて、ユシルはその世界でただ一人の魔女として生まれました。魔女は彼女しかいません。だから、世界に残っていた魔法と魔力は、全てユシルが受け継ぎました。

ユシルとレッドは仲むつまじく暮らしていましたが、二人はいつまでも一緒にはいられませんでした。魔女であるユシルと、そうではないレッドとでは、寿命があまりにも違いすぎたからです。

レッドと共にいたい。

そう思ったユシルは、研究に研究を重ね、完成させた再会の魔法を、レッドが死ぬ直前に使い、自らも命を断ちました。

この世界のウルガルズという街で再び出会った二人。

そこではレッドもまた魔術師として生を受けました。

そして、二人は魔法の研究や魔具の制作をしながら、共に生きていったのです——。


「どうだい？　嬢ちゃんは信じるかい？」

問われた時、ベナはしばし無言だった。

もし、ベナがベナでなければ、そんな与太話、絶対に信じなかっただろう。

だが、

「……ひとつ、聞きたいんですけど」

「なんだ？　嬢ちゃん」

「もし、その話が本当だったとして——こっちの世界で再会した時、あなたは前の世界の自分やユシルのことをちゃんと覚えていたんですか？」

「ああ、それなあ」

と、ソファに座った男がまた笑った。

「はっきり言っちまうと、俺は完っ璧に忘れてたんだよな。けど、ユシルはそうじゃなかったらしい。こっちで俺に会った時、すぐに俺だって気づいたみたいだった」

「ユシルは覚えていた?」

「もしくは、俺を見て思い出したのか——。どっちにしても、あいつは前の世界で自分が使った再会の魔法のこともうっすら覚えてて、それを改めてこっちの世界で本にまとめたりもしたよ」

「…………」

「他にもいろんな魔法や魔具の作り方を、俺とあいつで研究したんだぜ。死んだ恋人に会える魔塊石《まかいせき》の精製とか、死者の蘇生《そせい》術とか……っと、これはいまの時代、禁忌《きんき》になるんだったか。昔に比べると、面倒くさくなったよな、魔術師の世界も」

男は本物のレッドなのか。

それとも、ただのホラ吹きなのか。

貸してもらった空き家の硬いベッドにもぐりこんだベナは、その夜、そんなことを考えながら眠りについた。

翌朝。

日も昇りきらないうちに目を覚ましたベナは、自分から申し出て、男の家の馬小屋を掃除させてもらうことにした。

一宿一飯の恩義というやつである。

旅を続けていると、こういうことはたまにあるし、この種の義理を欠くとろくなことにならない。

太陽はまだ山の向こうに顔を出していなかったが、辺りはもう白々としていた。

澄んだ朝の空気の中、ベナはいったん馬房から馬を連れ出すと、ボロを拾い、汚れたワラを捨てた。竹箒《たけぼうき》で馬房の床を掃く。

作業が一段落するころ、馬小屋に昨日の男が顔を出した。

「おう、精が出るな、嬢ちゃん」

「だから――」

嬢ちゃんではない、と訂正しようとして、ベナはすぐにあきらめた。こういうタイプの男は何を言っても大体聞かない。それに、この男が本当にあのレッドなら、確かに自分など嬢ちゃんと呼ばれても不思議はない年齢なのかもしれない。

代わりに口に出したのは別のことだった。

「もしかして、その腕環がそうなんですか？」

「あん？」

眠気覚ましのつもりか、それとも単なる日課なのか。馬房の横で軽いストレッチをやっていた男はいぶかしげな顔をした。

外に連れ出していた馬を馬房に戻しながら、ベナは繰り返した。

「その腕環です。それが不老の力を与える魔具なんですか？」

これには男が「ほう」と少し驚いたような声をあげた。

その右腕には昨日と同じように、銀色の腕環がはめられていた。魔力を失ったベナには、もうそれが魔具かどうかの判別はできない。ただ、一般的な装飾品とデザインがかなり違うのは、誰にでも分かる。

馬を引いたベナのことを、男は面白がるような目で見た。

そして、にんまりと笑って、こう言った。

「嬢ちゃんはゆうべの俺のホラ話を、本気で信じてるのかい？」

「本気も何も」

ゆうべの男と同じ言葉をそっくりそのまま返してみせてから、ベナは馬を馬房に戻した。

「私、前に見たことがあるんです。ハルハリーリの魔法学校で。レッドが……いや、レッドともう一人、誰か別の魔術師が書いた魔法研究の本を」

あれにはそれこそ様々な魔法や魔具の生成法が書かれていたが、その中に確かにあった。

人間の老化を抑え、信じられないほどの長寿を可能にする、不老の魔具の作り方。

数十年前のベナなら、不老の魔具の存在など半信半疑だっただろう。しかし、いまのベナはあの本に書かれていた魔法や魔具の大半が「本物」であることをもう知っている。

「……ただ、それを知る過程で、大切な友達を失《な》くしてしまいましたけど」

静かな口調でベナが言葉を続けると、男も笑みを引っこめた。

「そいつは悪いことをしたな……」

「いえ、いいんです」

サラは違うが、ネモラはレッドが魔女の涙の番人として設計したゴーレムの手で致命傷を負った。しかし、ベナはそのことでレッドを恨む気はない。あれはどこまで行っても、自分の軽率な行動が原因だ。ネモラの許しを貰ったいまも、それは変わらない。

「でも、そう言うってことは、あなたは本当にあのレッドなんですか？」

「ま、一応な。信じる信じないは、話を聞かせた相手任せにしてるが」

初めて、男はそれまでのどこか茶化した口調ではなく、真摯にも聞こえる言葉でベナの問いかけを肯定してみせた。

そうして、男は右手にはめた腕環を逆の手でそっと撫でながら、

「しかし、あの本を置いた部屋を見つけたか。魔力を失う前の嬢ちゃんは、かなり目が利く魔術師だったんだな」

「いえ、それは——」

サラが、と言いかけて、ベナは口を閉ざした。

その名は男に告げたところで意味はあるまい。

黙りこんだベナを見て、男はわずかに首をかしげた。

だが、すぐに気を取り直したように、

「あの本はな。ユシルが死んだ後に俺が書き加えた部分もあるが……ほとんどは俺とユシルが協力してまとめたものなんだ」

男の腕環を見ていたベナは、「え？」と目線をあげた。

「気づかなかったか？　あの本、筆跡が二つあっただろう？」

それは無論、気づいてた。いや、それも最初に気づいたのはベナではなくサラだったか。

だが、当然ベナもそのことは知っている。

「じゃあ、レッドが書いた箇所じゃない、あの力強い文字って、まさか——」

ベナがそこまで言うと、男は軽く首をすくめてみせた。

「魔術師の間だと、あいつ、妙に清楚《せいそ》なイメージを持たれてるんだよなあ。けど、生きてる時のあいつは全然そんなじゃなかったぜ？　酒場の親父《おやじ》の下品なジョークにだって、がはがは笑ってる女だった。字も確かに、豪快っつーか、普通に下手《へた》だったな」

とても想像がつかない。

ベナが知るユシルは、まさに悲劇の聖女とでもいうべき、儚《はかな》いイメージが付きまとう乙女《おとめ》だった。いや、ハルハリーリで暮らす魔術師で同じ印象を持たない者など、まずいないだろう。

「魔法史の先生が知ったら、ひっくり返るでしょうね」

「はは、かもな」

しかし、そうなるとだ。

あの本の中にあった、魔女の涙に関する記述。

あそこには、石をユシルの大樹の根元に安置するようなことが書かれていた。ということは、あれがユシルの死後、男が書き加えた箇所なのだろう。ただ、一方で昨日の夜、男はこうも言っていた。ユシルと共に魔女の涙の精製法や死者の蘇生術を研究した、と。つまり、昔ベナが想像したのと違って、男は亡くなったユシルのためにそれらを追い求めていたわけではないということになる。

もちろん、ユシルの死に様が伝承通りなら、遺体は炎で燃やされ、残らなかったはずだから、死者の蘇生術はおろか、再会の魔法すらほぼ不可能だったに違いない。

ただ、それでも、

「生き返らせたいって……思わなかったんですか？　その、ユシル、さんのこと」

このベナの問いかけは、男にとって少し唐突だったらしい。

意外そうな目をベナに向けてきた。

ベナは黙って男の顔を見返す。

すると、男は苦笑めいた表情を浮かべてみせた。

そして、いくぶん元のおどけた口調に戻ると、

「まあ、一度も思わなかったって言ったら、嘘になっちまうわな。そういう魔法を研究してたこともあったわけだし。――けど」

そこで、男はベナから視線を外し、やや高い所にある馬小屋の窓を振り仰いだ。

「昔な、あいつによく言われたんだ。俺が楽しそうにしてるとこを見るのが好きだ、って」

「楽しそうに?」

「九分九厘、見込みのないあいつの蘇生を血眼で追い求めるなんざ、どう考えても『楽しいこと』じゃないからなあ。だから、俺はあいつが死んだ後も楽しく生きることにした。楽しいことを探して、魔法の研究や魔具作りもやめなかった。そうしたら、いろんなことが本当に楽しくなって、人生もう少し長く続けたくなった。で、不老の魔具を作って現在に至るってなもんさ」

その言葉が真実を語っているのか。

それとも結局、この男の話は全てがホラなのか。

実のところ、ベナには確実に知る方法はない。

ただ、もしこの男が本当にレッドで、いまの言葉に嘘がないのだとしたら、

「少し前の私とは真逆ですね……」

つぶやくようにベナは言った。

「そうかい？」

「ええ。いまは私も違いますけど」

そういえば、とベナは思い出し、自分のすぐそばにいる鹿毛の馬を見た。

あれはまだ魔法学校の基礎課程にいる頃だっただろうか。

ネモラに言われたことがある。

私、ベナが動物たちと楽しそうにしてる姿を見るの好き、と。

隣にいる馬のたてがみを、ベナはそっと撫でた。

気持ちいいのか、馬は大人しくされるがままになっている。

馬を撫でながら、ベナはその言葉を口にした。

「ハル・フィリーシア」

窓から馬小屋の外の空に目を向けていた男が振り向いた。

ベナの顔をまじまじと見てから、楽しげにまた笑う。

「いい言葉じゃないか」

「ですね」

ベナも微笑《ほほえ》んだ。

そして、ふと思いを馳《は》せた。

男は、再会の魔法を使ってこの世界に来たユシルが、レッドや前の世界のことを覚えていた、もしくは思い出した、とも言っていた。

では、同じように再会の魔法を使って旧世界へ飛んだサラはどうなのだろう？

（いや……）

と、ベナはかぶりを振った。

それはもう、自分の手が及ぶことではない。

自分はネモラが去り、サラもいなくなったこの世界で、魔法を失い、それでもまだ生きていく。

ハル・フィリーシア。

自由にあれ。

ネモラがくれたあの言葉と共に。

願わくは、多くの人に希望を与えるその言葉が、別世界に飛んだサラと彼のことも照らしてほしい。

いまはただ、それだけを想《おも》う。

――4月12日（日）晴れ――


入学して6日目。

この日記も6日目。

まだ続けてる私、すごくない？

今日は日曜だったけど、学校で部活体験会が開かれてたから、参加してきた。

春も行くって言ってたしね。

中学からやってるし、美加と真衣にも誘われてるから、バレー部いいなと思うけど、ちょっとだけ迷い中。

学校の帰りは、またあの場所に足が向いてしまった。

校門の近く、クジ付きの自販機が置かれてるあの場所。

あの場所は――。

別に何もない。

自販機の前で待ってると、春も来たから一緒に帰った。

春は男バスの方を見学したみたい。部活やりたいけど、自分の身長がそんなに高くないのを少し気にしてた。私だって女子バレー部員としては、結構小さい方なんだけどな。

自販機で当たったスーパーサイダーは春にあげた。（ただし、これは貸し！）

道端のサクラ、きれいだったなあ。

明日は入部、決めちゃおうかな。

閑静な住宅街に向かって延びる坂道に、明るい声がこだまする。

「ねえ。もし、三つ願いがかなうとしたら、何て願う？　実は昨日、映画見てさ」

「ああ、『五線譜と月とアフォガード』？　俺も見た」

「ほんと!?　木凪《きなぎ》くん、めっちゃ格好良かったよね！　……あ、でさ、三つ願いをかなえてくれるってなったじゃん？　春なら、何て願う？」

　歩く二人の横で、並んだサクラの木が幻想的ですらある、見事な花を咲かせている。

「いや、別に。普通にいままで通り生きられればそれでいい」

「何それ？　もっと何かあるでしょ」

「そういう暁音はなんて願うんだよ？」

「ん〜、やっぱどんなに食べても太らない体になりたいなあ。あと、服とかコスメとか買いたいからお金も欲しいし……あ！　魔法が使えたら、よくない？」

「それはずるいだろ。じゃあ、俺も身長、もっと欲しいし、頭も良くなりたいし」

　弾ける笑い声に乗って、ふわりと空を舞うサクラの花びら。

　そして、この世界の誰の目にも見えないが、二人の胸でさらさらと砂を落とす砂時計。

「あ、そういえば」

「なに？」

「今朝、うちの家の近くでさ。猫を拾ったんだよ」

「え、迷い猫？」

「そうそう。なんかジトーっとした目つきの黒猫。けど、うち犬飼ってるから、猫は無理なんだよな。暁音の家で飼えない？」

「見たい見たい！　飼えるかは分かんないけど、今日ついでに寄っていい？」

「ああ、いいけど——」

二つの背中が遠ざかっていく。

何事もないひととき、魔法のない世界でゆったりと次の季節へ向かう、平穏な日常。

美しく花色に染まり、静かに花びらを舞い散らせるサクラだけが、それを見ていた。

了

五線譜と月とアフォガート
2.29
Studio ray
入学式

秋鷲（あきわし）
Euluca Lab.／ユルーカ研究所でアニメやストーリーを作っている新進気鋭のクリエイター。ユルーカ研究所のYouTubeチャンネル登録者数は16万を超え、【自主制作アニメMV】魔法のない世界で生きるということは370万再生を超える。

岩佐まもる（いわさ まもる）
作家。『雨を告げる漂流団地』『泣きたい私は猫をかぶる』（ともに角川文庫）、『七つの大罪 セブンデイズ』（講談社ラノベ文庫）などのノベライズを手がける。

魔法《まほう》のない世界《せかい》で生《い》きるということ

2023年10月30日　初版発行

原案／秋鷲《あきわし》

著／岩佐《いわさ》 まもる

発行者／山下 直久

発行／株式会社KADOKAWA
〒102-8177　東京都千代田区富士見2-13-3
電話 0570-002-301（ナビダイヤル）

印刷所／図書印刷株式会社

製本所／図書印刷株式会社

本書の無断複製（コピー、スキャン、デジタル化等）並びに
無断複製物の譲渡及び配信は、著作権法上での例外を除き禁じられています。
また、本書を代行業者などの第三者に依頼して複製する行為は、
たとえ個人や家庭内での利用であっても一切認められておりません。

●お問い合わせ
https://www.kadokawa.co.jp/（「お問い合わせ」へお進みください）
※内容によっては、お答えできない場合があります。
※サポートは日本国内のみとさせていただきます。
※Japanese text only

定価はカバーに表示してあります。

©Akiwashi,Mamoru Iwasa 2023　Printed in Japan
ISBN 978-4-04-897588-9　C0093